불확실한 세상을 살아가는 나에게

불확실한 세상을 살아가는 나에게

발 행 | 2021년 2월 1일
저 자 | 이태화
펴낸이 | 한건희
펴낸곳 | 주식회사 부크크
출판사등록 | 2014.07.15(제2014-16호)
주 소 | 서울특별시 금천구 가산디지털1로 119 SK트윈타워 A동 305호
전 화 | 1670-8316
이메일 | info@bookk.co.kr

ISBN | 979-11-372-3301-0

www.bookk.co.kr
© 이태화 2021

이태화 지음

불확실한 세상을

살아가는 나에게

생각대로 되지 않는 삶 속에서
그럼에도 불구하고 행복할 수 있는 네 가지 태도

차례

프롤로그

삶이 불편을 넘어 고통스러운 건,
삶을 통제하려는 욕구 때문이다.

인간은 자신의 계획대로 모든 일이 흘러가길 바라며
지금 관점에서 나에게 좋은 일만 발생하길 기대한다.

하지만 인생에는 생각대로 되지 않는 일이 있고,
때로는 생각도 못한 일이 벌어지는 게 세상살이다.

우리에게 필요한 건
더욱 철저한 계획과 강한 통제가 아니다.

자신이 통제할 수 있는 있는 것과 아닌 것을
구분할 줄 아는 지혜다.

더불어 통제할 수 없는 것은 깔끔히 받아들이고,
통제할 수 있는 것은 주체적으로 실천하는 용기다.

조금은 어깨에 힘을 빼고
이런 태도로 살아보자.

그때 삶은
더 큰 설렘과 평온으로 보답한다.

1장

수용하기 :
일어난 일은
일어난 일이다

마음대로 되지 않는 일이 있다

"전 국민이 치킨을 먹지 않는다. 이게 말이 되는 일인가."

어릴 적, 부모님은 통닭집을 운영하셨다. 두 부부가 조리하고 배달하는 평범한 프랜차이즈 치킨집이다.

사실 어린 나조차 부모님에게서 타고난 장사꾼의 기질과 수완은 느낄 수 없었다. 어렸기에 몰랐을 수도 있지만, 지금와서 돌이켜봐도 그렇다.

대신 묵묵히 자기 할 일 열심히 하는 분들이다. 수 십 년째 운동을 나가는 아버지와 매주 꼬박꼬박 꼿꼿이 기록을 남기는 어머니를 보며, 뜨끈한 방바닥에 누워 있길 좋아하는 나는 돌연변이일까 생각한다. 부모님의 성실함 덕분에 통닭집은 동네에서 조금씩 자리를 잡았다. 대신 자영업을 시작한 이후, 특별히 휴가나 가족 여행을 간 기억은 딱히 떠오르지 않는다.

통닭집 방구석에 가만히 앉아 있는 건 따분한 일이었다. 뭐라도 재밌는 게 있을까 싶어 부모님이 보고 계신 뉴스나 신문을 뒤졌다. 그런 시도는 대부분 실패로 끝났다. 어쩜 그렇게 매일 같이 재미없고 심각한 소식뿐일까. 그나마 조금의 위안이 되는 건 스포츠신문에 담긴 낱말 퍼즐이나 숨은 그림찾기 정도였다.

여느 때와 마찬가지로 뉴스와 신문은 하나도 재미가 없는 소식을 열심히 외치고 있었다. 그런데 유독 며칠째 같은 내용을, 그것도 심각한 목소리로 반복해서 외치고 있다는 걸 느꼈다. 잠시 숨은그림찾기에서 눈을 돌려 도대체 무슨 말을 하는지 살폈다.

새들이 감기에 걸렸단다. 그것도 꽤 심각한 독감을 단체로 말이다. 사람들은 그걸 조류독감이라 불렀다.

'새들도 감기에 걸리는구나. 기침할 땐 무슨 소리를 낼까'
심각할 이유가 없었다. 가족은 물론, 주변 어디에서도 독감에 걸린 사람을 찾아볼 수 없었다. 지금껏 학교에서 받으라는 예방 접종도 꼬박꼬박 잘 받았다. 어린 나에겐 딱히 와

닿는 문제가 아니었다.

하지만 통닭집의 입장은 달랐다. 아직 조류독감이 생소하던 시절이다. '혹시 전염되진 않을까' 하는 마음에 사람들은 모든 가금류 음식을 피하기 시작했다. 젊은 아저씨가 가게로 꼬박꼬박 가져다주던 생닭에 아무런 문제가 없다는 걸 나는 알고 있었다. 먹어도 아무렇지 않고 맛만 좋다는 걸 너무나도 잘 알고 있었다. 한 입만 맛보면 맛만 좋다는 걸 알텐데, 사람들은 그 한 입을 거부했다. 언제부턴가 가게가 조용했다.

시간이 지났다. 조류독감은 갔다. 하지만 뉴스는 다시 한번 나의 숨은그림찾기를 방해했다. 이번엔 새들은 안녕한데 대신 나라가 흔들리고 있단다. 어느 TV를 틀고 어느 신문을 봐도 영어로 된 세 글자가 보였다. IMF. 자세한 건 모르지만 대한민국이 엄청난 빚쟁이가 되었다고 했다.

국가가 위기였지만 외람되게도 치킨은 여전히 맛있었다. 하지만 대부분의 사람들에게는 그 맛을 즐길 여력이 없었다. 부모님은 한 번도 가정의 재무 상태를 알려준 적이 없었다. 나는 이미 몸으로 알고 있었다. 이번에도 가게가 조용했다.

단순하게 생각했다. 그냥 열심히 살면 모든 일이 다 생각대로 잘 되는 줄 알았다. 동화 속 주인공들을 보면 그렇지 않나. 어렵게 시작해도 결국 계획대로 목표를 이루고 성공해서 행복하게 산다. 학교에서 배운 세상은 그랬다. 아니 그래야만 했다.

현실은 달랐다. '동화 속 공주님과 왕자님은 결혼해서 오래오래 행복하게 살았답니다'라는 결론에 주위 기혼자들은 말했다.

"결혼을 했어? 이제서야 본격적인 이야기가 시작되겠군."

마녀와 괴수는 모두 프롤로그에 불과하다. 삶은 결혼과 같은 한 가지 행복한 사건으로 결말짓는 해피'엔'드(happy-end)가 아니라 여전히 알 수 없는 새로운 사건들이 이어지는 해피'앤'드(happy-and)다. 또 다른 갈등과 해소와, 그로 인한 희로애락이 펼쳐지는 연속적인 과정이다.

우리 가족의 통닭집은 아쉽게도 동화가 아닌 현실에 있었다. 고생 끝에 어느 정도 자리를 잡으면 일이 다 잘 풀릴거라는 생각과 달리, 또 다른 난관이 은근슬쩍 끼어들었다. 부모님은 기존에 그려왔던 미래의 그림을 다시 그려야 했다. 아니, 미래를 그릴 여력도 없이 당장 오늘을 대응하기 바빴다. 대다수의 직장인과 자영업자들이 그랬듯 여전히 매일같이 늦은 밤, 몸에 잔뜩 밴 기름 냄새와 함께 집으로 돌아오셨지만 그럼에도 집안 사정이 나아진다는 느낌을 받을 수 없었다.

어째서 전 국민이 무려 치킨을 먹지 않는 말도 안 되는 상황이 발생한 걸까. 우리 통닭집은 그러한 상황에 힘들어야 했을까. 성실하지 않아서일까. 이건 아니다. 사실 부모님뿐만 아니라 대한민국 사람이라면 보편적으로 성실하지 않나. 워낙에 성실한 인간들이 아웅다웅하며 모여있다 보니 퇴근하고 그냥 좀 쉬는 사람조차 게을러 보일 뿐이다. 출근하면 일하고 퇴근하면 쉬는 게 기본이다. 그걸 넘어선 사람들이 신기한 거지 기본을 지킨 사람들이 잘못된 게 아니다.

성실의 부족이 문제가 아니라면 이런 상황을 예측하고 방지하지 못한 의지와 능력의 문제일까. 이것도 좀 억울하다. 새들도 자기들이 독감이 걸리고 싶어서 걸린 게 아니고, 수많은 직장인과 자영업자가 한 번쯤 체험해보고 싶어서 국가 부도 사태를 자처한 게 아니다. 그 똑똑하다는 프랜차이즈 기획실 직원들과 회사 대표조차, 전 국민이 치킨을 거부하는 상황은 예상하지 못했다.

누구의 잘못인지 따진들 책임소재는 불분명하고, 원망한들 달라지는 건 없다. 그렇다고 계속 피해자로만 남기엔 삶이 불행하다. 잘못과 책임과 능력을 따지는 데는 한도 끝도 없다.

다만 이 복잡하고 불확실한 상황 속에서도 유일하게 한 가지 확실한 건, 어쨌든 생각하지 못한 힘든 일이 일어났다는 사실 그 자체다.

우리는 철저히 계획을 세우고 힘을 길러 자신의 삶을 완전히 통제하려 든다. 원하는 일들만 일어나길 기대하며 원치 않는 일들을 철저히 제거하려 든다. 당연하다. 누군들 생각대로 이뤄지는 행복한 삶을 거부하겠는가.

이 마음 자체는 문제가 아니다. 진짜 문제는 현실이 그렇지 않다는 것이다. 자신의 노력과 상관없이 예상하지 못한 일은 이미 일어나고 있고, 또 일어날 것이다. 그럴 때마다 원치 않는 상처와 좌절감을 겪게 될 것이다. 노력과 능력이 부족해서가 아니라, 한 개인이 모든 것을 통제하기엔 삶 자체가 거대하고 복잡하기 때문이다.

따라서 다른 접근이 필요하다. 여전히 목표를 그리고 계획을 세우며 자신이 원하는 삶을 향해 나아가야 한다. 인간에게는 자유 의지가 있고 이를 실천할 충분한 잠재력이 있다.

다만 이런 통제의 노력만큼, 내가 어찌할 수 없는 사건들을 받아들이고 적절히 대응하는 수용의 노력도 필요하다. 행복하기 위해 원하는 결과를 성취하는 법을 배울 뿐만 아니라, 통제되지 않는 삶 속에서 행복할 줄 아는 방법 역시 배워야 한다. 생각하지 못한 삶이 펼쳐질지라도 그것 역시 자신의 소중한 삶이니 말이다.

감히 계획을 세웠어?

남의 대화를 엿드는 데 관심 없다. 아니, 관심은 있는데 내가 엿듣고 있다는 사실을 들키면 민망하니 애써 관심을 끊는지도 모르겠다.

그럼에도 도저히 안 들을 수 없는 대화가 있다. 나와 관련된 이야기다. 예를 들어 울릉도에 여행 왔는데, 돌아가는 배가 뜨지 않는다는 그런 이야기 말이다.

실제로 그랬다. 울릉도 따개비칼국수집은 말소리와 뉴스 소리로 시끌벅적했다. 동네 주민들의 다른 이야기는 하나도 들리지 않았다. 대신 내일 날씨가 좋지 않아 배가 뜨지 않는다는 문장만은 또박또박 귀에 들어왔다.

나는 계획 마스터였다. 계획'만' 마스터인지는 모르지만 어쨌든 계획 하나는 열심히 짰다. 여행도 마찬가지다. 혼자 여행을 하면서도 나를 위한 여행안내서를 만들었다. 개인 블로그와 여행 커뮤니티, 여행사 홈페이지, 지자체의 관광 안내 자료를 뒤졌다. 대한민국 지도를 펼쳐 이동 시간, 교통비, 관광지 운영 일정 등을 모두 고려해 최적의 경로를 그렸다. 변수에 대처할 수 있게 교통 편은 예상 시각 앞뒤 6시간의 운행 시간표까지, 숙박 시설은 혹시나 문을 닫을 걸 감안해 2~3군데 후보지까지 미리 조사했다.

누가 보면 유럽에라도 가는 줄 알았겠지만 분명 여권 없이 버스 타고 걸어갈 수 있는 국내 여행이었다. 지금 돌아보면 가이드 놀이를 한 건가 싶기도 하지만 어쨌든 이게 내가 여행을, 또 삶을 대하는 태도였다. 빡빡한 최적화와 철저한 통제, 모든 것을 예측하고 계획해 그것대로 흘러가는 상황에서 느껴지는 안전감과 성취감. 원래 다들 이렇게 여행하는 줄 알았다.

울릉도 역시 그냥 오지 않았다. 미리 기본적인 날씨는 물론, 기상청 홈페이지를 뒤져 바다의 파고와 풍속까지 확인하고 배를 예약했다. 그런데 갑자기 배가 뜨지 않는다고? 혹시나 하는 마음에 날씨 정보를 확인했다. 오늘은 구름이 좀 있었고 내일은 맑았다. 여객선 홈페이지를 확인했다. 정상 예약 상태였다. 문의 전화를 했다. 변경된 건 없다고 했다.

'그럼 그렇지.'

근처 약국에 들러 수제 멀미약을 샀다. 내 생각이, 아니 기대가 확신이길 바랐을지도 모른다. 계산을 마치고 나가려다 돌아서 약사님께 여쭈었다.

"약사님께 여쭤보는 게 이상하게 들리실 수 있지만, 혹시 내일 배가 안 뜬다는 소식을 들은 적 있으신가요? 그런 이야기가 들리더라고요."

약사님은 덤덤하면서도 확고하게 말씀하셨다.

"배 안 떠요."

'아니, 관계자도 아닌데 어떻게 알지?'

의아한 마음으로 문을 열고 나가는 순간, 하늘에서 누가 분무기로 물을 뿌리듯 부슬부슬 비가 내리기 시작했다. 그리고 다음 날 아침 8시 30분, 무심한 문자 하나가 도착했다.

"결항입니다."

언제 운행이 되는지, 예약자를 위해 어떤 조치를 취해주는지, 다른 방법은 없는지 등의 안내는 없었다. 그냥 결항. 끝. 이게 다였다. 최종 입사 합격을 받고 첫 근무일까지 시간이 생겨 떠난 여행이었다. 만약 이대로 기약 없이 배를 띄워주지 않는다면 입사 첫날부터 "저, 죄송합니다만 울릉도에 갇혔습니다. 며칠 출근 못할 것 같은데요" 라고 말해야 하는 신입사원이 될 판이었다.

답이 보이지 않았다. 여객선 홈페이지를 뒤져도 대안이 없었다. 답답한 마음에 잠시 머리를 식힐 겸, 민박집을 나와 근처 공원을 돌았다. 그때 주민들로부터 희소식을 들었다. 내가 예약한 묵호행 배는 취소됐어도 포항행 배는 운영할 수도 있다는 것이다.

'아니, 관계자도 아닌데 어떻게 알지?'

울릉도 주민만을 위한 핫라인이라도 있는 걸까. 뭐, 중요한 건 일단 희망이 있다는 것이다. 급하게 민박집에 돌아와 홈페이지를 열었다. 인터넷 예약은 안되고 표가 있는지 아닌지 확인할 수도 없었다. 그렇다고 결항되었다는 공지도 없었다. 바로 터미널로 향했다. 일단 가봐야 뭐라도 되지 않을까.

터미널은 이미 배가 취소돼 당황하는 사람들로 가득했다. 혹시나 하는 마음에 직원분께 여쭈니 포항행 배는 정상 운영된다고 하셨다. 하지만 희망은 금세 실망으로 바뀌었다.

일찌감치 예약이 완료돼 자리가 없다는 것이다.

'이렇게 된 김에 남아서 여행이나 더 즐길까' 라고 생각할 수도 있지만 나는 그럴 수가 없었다. 시간도 돈도 부족했다. 다시 직원분께 혹시 예약 취소된 게 있냐고 여쭸다. 없다고 답했다. 대신 혹시 모르니 대기자 명단에 이름과 연락처를 남기라고 했다. 취소된 인원을 확인해보고, 오후 2시에 선착순으로 남은 자리를 준다고 했다. 대기자 명단을 받았다. 이미 내 앞에 80명의 대기자가 있었다. 다른 선택지가 없었다. 일단 이름과 전화번호를 적고 터미널에서 나왔다.

타고나길 내향적인 사람이다. 낯선 사람에게 말 거는 것도, 낯선 사람이 내게 말 거는 것도 좋아하지 않는다. 집에서조차 말수가 적다. 긴박한 상황은 이런 내게 없던 용기를 만들어냈다. 터미널 근처에 왠지 여행 가이드처럼 보이는 사람들을 찾아가 말을 걸었다. 혹시 단체 여행객 중에 울릉도가 너무 마음에 들어 따로 더 머물다 가려는 사람이 있냐고, 그래서 잔여 표가 생기진 않았냐고.

다들 울릉도가 마음에 들지만 더 머물 생각은 없었나 보다. 남는 표는 없었다.

많이 긴박하긴 했나 보다. 터미널 주변에 몇몇 여행사 사무실이 보였다. 문을 열고 들어가 앉아 계신 분들께 똑같이 물었다. 어이없어하면서도 안타까운 표정으로 남는 표가 없다고 했다. 살면서 암표를 사본 적도, 암표를 살 돈도 없었지만 지금은 아무리 둘러봐도 애당초 파는 암표조차 없었다.

밀항을 하지 않는 한 더 이상 방법이 없다. 없던 용기까지 내서 할 수 있는 건 다 했다. 그걸 인정한 순간, 오히려 마음이 편해졌다. 해볼 만큼 해봤으니 이제 어쩌겠는가. 가슴 졸이며 있든 마음 편하게 있든 일단 오후 2시까지 시간은 흐른다.

이렇게 된 김에 마저 여행이나 하자며 근처 전망대에 올랐다. 웬걸. 뭐 이리 날씨가 좋은 걸까. 아침까지 가득 찼던 먹구름은 내가 표를 찾아 뛰어다니는 사이 사라졌고, 얼마 없는 구름조차 새하얘, 하늘과 바다와 울릉도와 화보집을 만들었다. 파도는 험했을지언정, 야속하게도 내 여행 중 가장 좋은 날씨가 이때였다.

드디어 오후 2시, 터미널 직원이 대기자 명단을 들고 나왔다. 한 명씩 이름이 불릴 때마다 불안함과 간절함에 휩싸인 다수와, 기쁘면서도 마냥 기쁜 티를 낼 수 없는 소수를 관찰했다. 그걸 최소한 80번을 관찰해야 한다는, 그것조차 기적이 일어났을 때야 가능하다는 사실은 마음을 힘들게 했다.

그런데 놀랍게도, 그 기적이 현실이 됐다. 포항행 배는 내가 타고 왔던, 그리고 타고 가기로 했던 묵호행 배보다 인원을 두 배나 태울 수 있는 큰 배였다. 게다가 울릉도 주민들이 대거 예약을 취소하면서 내 뒤 사람들까지도 탈 수 있을 만큼 생각보다 많은 자리가 생겼다

가족과 통화하며 불만을 털어놓는 사람이 있었다. 집이 강릉이라 묵호항 바로 옆인데, 포항까지 내려갔다 다시 올라가야 한다고 말이다. 나 역시 서울로 돌아가는 길이 멀어지긴 했다. 그래도 이렇게나마 집에 갈 수 있다는 게 어딘가. 덕분에 울릉도에 며칠간 갇혀버렸다는 영웅담을 겪지는 않았다.

'자연의 힘 앞에서는 인간이 무력할 수 있구나.'

배를 타며 든 생각이다. 열심히 세운 나의 계획도, 수백 톤짜리 여객선의 운항 일정도 날씨 앞에서는 모조리 무효였다. 마음대로 되지 않는 자연을 원망한들 바뀌는 건 없었다. 모든 걸 통제하려는 계획과 욕심을 내려두고 변화를 받아들여야만 했다. 그리고 다시 새로운 선택을 내리고 기다려야

했다. 이미 일어난 거대한 변화 앞에선, 이게 내가 할 수 있는 전부였다.

이후, 최적화와 통제를 추구하던 내 여행 스타일은 많이 바뀌었다. 생각대로 되지 않는 여행조차 즐길 수 있도록 틈을 두는 것으로 말이다.

돌이켜보면 계획대로 되지 않은 덕분에 얻을 수 있는 즐거움도 있었다. 내향적인 내가 길거리 모르는 사람에게, 또 사무실 속 사람들에게 남는 표가 없냐고 묻고 다녔던 장면은 아직도 생생하다. 몇몇 관광지는 기억조차 나지 않지만, 이 추억만큼은 여전히 내게 웃음을 준다. 배가 변경된 덕분에 처음으로 포항여객선 터미널도 구경했고, 마침 서울로 돌아가는 길에 있는 부모님 댁에 들러 여행기도 나눌 수 있었다.

또, 뒤늦게 안 사실이 있다. 여행 첫날, 무슨 마음에서였는지 독도행 배를 예약일보다 하루 일찍 탔다. 그로 인해 일정이 꼬여 터미널 반대편 여행지는 아예 가질 못했다. 다른 여행객의 말을 들으니, 이후 독도행 배가 취소되었다고 한다. 내가 국토 최동단인 독도에 발을 내딛을 수 있었던 유일한 날을 뜻하지 않게 잡은 것이다.

분명 내가 세운 계획에서 많은 일들이 틀어진 울릉도 여행이었다. 하지만 그 여정까지도 모두 내 여행의 일부였다. 단지 순간에 취해 내가 그 여정 속에 있음을 알지 못했을 뿐이다.

마음이 불안정하기에

사무실 근처에 수제 버거집이 있다. 육즙이 느껴지는 수제 패티와 살짝 버터 향이 올라오는 빵, 매콤 짭쪼름한 감자튀김이 잘 어울리는 곳이다. 자리에 앉으면 서빙하는 분이 메뉴판을 가져다 준다. 맛집 창가 자리에 앉아 메뉴판을 훑으며 '오늘은 무엇을 먹어볼까' 생각하는 일은, 매 순간 선택의 기로에 선 사업가가 유일하게 즐길 수 있는 행복한 고민이다.

그런 행복을 나만 누릴 수는 없는 노릇이다. 점심을 먹고자 들어간 수제 버거집엔, 비교적 이른 시간임에도 이미 자리잡고 앉아 있는 몇몇 사람이 있었다. 평소 선호하던 창가와 벽을 등진 자리는 모두 임자가 있어, 할 수 없이 중심부에 자리를 잡고 앉았다. 그래도 이제 메뉴판을 받으면 본격적으로 행복한 고민이 시작된다.

그런데 무슨 일일까. 메뉴판을 주지 않는다. 여느 때처럼 기다렸다. 또 기다렸다. 여느 때와 달리 기다림이 길어졌다. 카운터를 향해 외쳤다. "여기 주문할게요."

서빙하는 분이 오는 듯했지만 목적지는 우리가 아니었다. 근처 테이블로 음식을 날랐다. 그렇게 몇차례 우리를 지나 갔다. 버젓이 식당 중앙에 앉아 있는 우리를 왔다 갔다 하면 서 못 보진 않았을 것이다. 당연히 주문 받을 준비를 해주리 라 생각했다. 나만의 생각이었을까. 여전히 메뉴판도, 원래 가져다주던 물과 식기도 우리 자리로 오지 않았다.

슬슬 짜증이 났다. 우리가 와이어를 타고 몰래 침입한 것 도 아니고 구석탱이에서 숨바꼭질하는 것도 아니다. 당당히 정문을 열고 들어와 중앙 테이블에 앉았다. 서빙하는 분이 한 분이긴 했지만 몇 차례 우리를 지나쳤다. 먼저 온 손님이 있다고는 하지만 식당의 3분의 2가 비어 있을 정도의 여유 는 있었다. 그럼에도 아직 메뉴판조차 주지 않는 건, 혹시 우리를 무시하는 걸까.

"혹시 안 좋은 일 있으십니까."

굳은 표정으로 툴툴거리는 나에게 같이 일하던 동생이 물 었다. 평소와 달리 예민하게 반응하는 것 같다고도 말했다. '

아니, 저 사람이 계속 우리를 무시…' 라는 말이 성대를 진동시키려는 순간, 정신을 차렸다.

"아, 그렇네."

뜨끔했다. 매일 나를 봐왔던 동생이 이렇게 말한다는 건 분명 내가 과민 반응했다는 것이다. 나 역시 평소라면 이렇게까지 반응하진 않았을 것이다. 또 하나 중요한 건 서빙하는 분이 우리에게 악의를 가진 것도, '쟤네한테는 수제 버거 주기 싫어'라며 차별한 것도 아니라는 것이다.

그걸 어떻게 아냐고? 간단하다. 이 분은 평소에도 느렸기 때문이다. 타고난 눈치와 신속한 행동으로 몰려드는 손님을 능수능란하게 상대하는 그런 분이 원래 아니었다. 이미 여러 번 오면서 알고 있는 사실이었고 지금껏 그걸 딱히 문제로 삼지도 않았었다. 단지 오늘이 평소보다 조금 더 느렸을 뿐이다. 결국 메뉴판도 물도 식기도 다 가져다 주더라. 사람마다 일이 좀 안 될 때가 있지 않은가. 나 역시 회사 업무를 항상 최상의 컨디션으로 해냈다고는 말 못 한다.

살면서 한 번씩 이렇게 반응하는 나를 본다. 어느 날은 집 형광등에 불이 들어오지 않았다. 수명이 다했나 보다. 내면 속 귀찮음 대마왕이 '그냥 이참에 어둡게 지내볼까'라는 흥미로운 제안을 던졌지만 이내 제정신을 차리고 밖으로 나갔다. 나간 김에 새 형광등과 필요한 물건들도 몇 가지 구입해서 집으로 돌아왔다. 이제 새 것으로 갈아 끼우면 끝이다.

분명 갈아 끼면 끝이다. 그런데 그게 안됐다. 이상할 정도로 형광등이 빠지지 않았다. 상하좌우로 살짝살짝 흔들어 당기면 분명히 빠져야 한다. 지금껏 그렇게 형광등을 갈아 끼웠다. 혹시 내가 지금껏 알아왔고 또 해왔던 방식이 잘못된 걸까. 고집을 꺾고 인터넷을 검색했지만 특별한 비법이 나올 리 없다. "그냥 잘 빼세요" 한 마디면 끝날 단순한 방법이니까.

다시 의자를 밟고 올라가 형광등을 이리저리 흔들며 힘을 가했다. 그러길 몇 분, 드디어 형광등이 빠졌다. 그제서야 내가 고생한 이유를 알았다. 소켓과 형광등의 접합부가 달라붙어 있었다. 지속적으로 열을 받아 플라스틱이 살짝 녹았던 게 아닐까. 어쨌든 이제 새 형광등으로 갈아 끼워 넣으면 모든 문제는 끝난다.

분명 그래야 한다. 그런데 왜 여전히 불이 들어오지 않는 걸까. 다시 의자에 올라 형광등을 확인하고, 내려와서 스위치를 켜고, 다시 또 확인하고. 괜히 이것저것 건드려보고.

등이 하나만 켜지기도, 깜빡이다 꺼지기도, 둘 다 안 들어오기도. 다양한 현상을 보이지만 결국 불이 제대로 들어오지 않는다는 결론이 났다. 어디가 문제일까. 이젠 형광등의 구조를 검색하며 공부하기 시작했다. 형광등이 문제가 아니라 소켓이든 안정기든 보다 근본적인 문제가 있는 듯했다. 등에는 땀이 나고 슬슬 짜증이 올라왔다.

짜증이라는 감정은 내게 생각을 불러일으켰다. '아, 귀찮아.' '1분도 안 돼서 끝날 일 가지고 이게 뭐야.' '형광등 따위가 왜 이런 문제를 일으키는 거지.' '왜 이렇게 되는 일이 없는 걸까.' '집이 오래돼서 그래. 나는 왜 오래된 집에 살 수밖에 없는 거지?' '아… 인생 우울하다' …

그러다 잠시 하던 일을 멈추고 가만히 하늘을 바라봤다. 머리로 타고 오르는 열기도 내릴 겸 깊게 호흡했다. 형광등에 집중하느라 잔뜩 긴장했던 몸과 마음의 긴장이 풀리자 문득 내 생각들이 참 귀엽단 생각이 들었다. 형광등 하나 바꾸려다 집을 문제 삼고 인생을 논한다. 지금 할 일은 내 삶을 비판하거나 집을 원망하는 게 아니다. 고작 2분 거리에 있는 전기조명집에 찾아가 필요한 부품을 사 오거나 수리를 맡기는 것이다. 그럼 모든 게 깔끔하게 해결된다.

수제버거집도 형광등도 모두 그렇다. 내가 마주한 사건만 보면 참 단순하다. 메뉴판을 늦게 받았고 형광등이 고장 났다. 내가 무시당한다고 여기고 인생에 되는 일이 없다고 생각한 건, 모두 있는 그대로의 사건이 아니라 그 사건을 해석한 나의 마음 때문이다. 내 마음이 평온했다면 '일이 좀 바쁘시네'라고 여겼을 것이고 그냥 전문가에게 도움을 요청했을 것이다.

삶에서 일어나는 사건들로 인해 고통받을 때가 있다. 그런데 조금의 거리를 두고 보면 내 삶을 송두리째 흔들어버린 그 사건은 대개 생각보다 사소하다. 그럼에도 이토록 고통받은 건 그 사소한 사건이 그만큼의 힘이 있어서가 아니라, 사소한 일에도 흔들릴 만큼 내 마음이 불안정해서다.

앞으로도 많은 사건을 겪을 것이다. 어떤 사건은 긍정적인 감정을, 어떤 사건은 부정적인 감정을 일으킬 것이다. 그런데 그중 진실로 긍정적인 혹은 부정적인 사건은 얼마나 될까. 실제로는 그 사건을 대하는 우리의 마음이 긍정을 더 긍정으로, 부정을 더 부정으로, 때로는 아무렇지 않은 사건을 부정적인 사건으로 잘못 해석하는 건 아닐까. 어떤 사건이 일으키는 감정은, 실제 그 사건과 내 해석이 함께 버무려진 결과물이 아닐까.

모든 걸 긍정적으로만 볼 수는 없다. 맹목적인 긍정주의는 오히려 내면에 상처를 준다. 다만 내 마음의 상태에 따라 세상은 분명 달라 보일 것이다. 따라서 이왕이면 내 마음에 여유를 주고 볼 일이다. 삶이 얼마나 행복해질지는 보장할 수 없지만, 최소한 같은 수제 버거를 더 맛있게 먹을 수 있는 기회는 생긴다.

나에게 치킨이란 무엇인가

초등학교 고학년생이 되며 조금씩 달리기에 두각을 나타 냈다. 그래 봤자 동네 안에서였지만 초등학생에겐 그 동네 만 해도 장대한 세계다. 동네는커녕 골목에서 대장만 해도 '골목 대장' 이라는 명예를 갖지 않는가.

어쨌든 난 학교 친구들 사이에서 빠른 아이로 통했다. 간 혹 묻는 아이들이 있었다. 어떻게 그렇게 잘 달리냐고. 그 비결은 뭐냐고. 혹시 '닭다리' 를 많이 먹어서 그런 거 아니 냐고.

과학자는 하나의 가설을 던진 뒤 이를 수많은 관측과 검 증을 통해 이론으로 발전시킨다. 가설이라고 '아니면 말고' 식으로 아무렇게나 던지는 게 아니다. 나름의 논리적 추론 을 거친다. 친구들이 나의 달리기와 닭다리를 연결한 것 역 시 나름의 논리적 추론을 거쳐 나온 가설이었다. 왜? 내가 달리기에서 두각을 나타낸 시기와 부모님이 통닭집을 시작한 시기가 묘하게 겹쳤기 때문이다. 사실은 어릴 적 시작했던 운동의 영향이었겠지만, 초등학생에겐 운동보다는 통닭이 더 신경 세포를 자극했을 것이다.

통닭집 덕분에 대한민국 어린이 1인당 평균 치킨 소비량 훨씬 이상의 치킨을 섭취했다. 간혹 각종 매체를 통해 '특정 시기에 특정 음식을 질릴 만큼 먹어서 이제는 그 음식은 냄새도 맡기 싫어요' 라는 이야기를 들을 때가 있다. 나에게 치킨은 어떠한가. 신기하게도 치킨이 질린다는 생각은 단 한 번도 해본 적이 없다. 냄새도 맡기 싫기는커녕 냄새를 쫓아 수시로 치킨집을 들락거렸다. 심지어 치킨은 일종의 심리적 처방제였다. 스트레스 단계별로 이에 맞는 적합한 치킨이 있었을 정도니 말이다.

스트레스 받는다는 생각이 가볍게 떠오르는 경미한 수준엔 퇴근길 편의점 치킨 1~2조각이면 충분하다. 세트로 구입해 탄산음료가 더해지는 건, 약국에서 약을 생수가 아닌 쌍화탕과 함께 먹는 것과 같다. 전자는 시원해야 하고 후자는 따뜻해야 하는 것만 차이가 있을 뿐이다.

경미한 스트레스가 약간의 화anger로 발전할 땐 조금의 달달함이 첨가되어야 한다. 그럴 땐 양념이 묻은 닭강정이 필요하다. 프라이드는 약효가 떨어진다. 꼭 양념이어야 한다. 동네 닭강정 집들을 순회하며 그중 약발 좋은 최선의 맛을 찾아냈다.

스트레스가 심화되면 이제 '아휴, 지친다' 가 된다. 이제는 퇴근길 가벼운 야식 차원을 넘어선다. 배를 가득 채워야 한다. 클래스가 달라지는 것이다. 첫 시작은 시장에서 파는 옛날 통닭이다. 저렴한 가격으로 한 마리를 통째로 섭취할 수 있다.

스트레스가 더 깊어지면 조금의 우울이 시작된다. 움직일 기력이 부족하다. 배달 주문을 한다. 여러 가지 소스와 가루가 배합된 프랜차이즈 치킨을 시킨다.

치킨 처방의 끝은 어디인가. 2마리다. 꼭 서로 다른 맛으로. 하지만 여기서 끝이 아니다. 스트레스가 최절정에 달했을 때 사용하는 극약 처방이 있다. 치킨-피자 세트다. 한방, 양방 가릴 때가 아니다. 각각의 장점을 모두 끌어와야 한다.

이처럼 치킨은 내가 어릴 적부터 밥벌이를 하는 성인이 될 때까지 떼어내려야 떼어낼 수 없는, 삶의 일부가 된 그런 존재였다. 치킨을 부정한다는 건 내 삶의 일부를 부정하는 것일지도 모르겠다.

그런데 사람의 마음, 내면에 관심이 깊어지면서, 여전히 치킨을 찾되 치킨만 바라보는 게 아니라, 치킨을 찾는 내 마음도 함께 바라보게 됐다.

'나는 왜 이렇게 치킨을 먹는 것인가.'

'어쩌다 치킨이 처방이 되기까지 했는가.'

'나에게 치킨이란 무엇인가!'

하버드대학교 교수 마이클 샌델이 《정의란 무엇인가》로 근본적 질문을 던지듯 나는 치킨에 대한 근본적인 질문을 던졌다. 다만 그의 후속작 《돈으로 살 수 없는 것들》과 달리 치킨은 돈으로 충분히 살 수 있다는 차이는 있지만.

치킨은 수고한 나에 대한 소박한 보상이었다. 물론 반복된 보상은 내 몸을 결코 소박하지 않게 만들겠지만 그래도 명품, 도박, 유흥 등에 탕진하는 것에 비하면 상당히 소박하지 않은가. 최소한 치킨에 탕진해 집안이 거덜 났다는 사회 뉴스는 아직 들어보지 못했다. 육체적이든 정신적이든 고된 노동 끝에 치킨 하나 먹는 게 문제 될 건 없다. 고생한 자신에게 선물 하나 주는 건 좋은 일 아닌가. 설령 살이 좀 찌더라도 죄책감을 느낄 필요는 없다.

좋다. 그럼 이대로 난 치킨과 영생을 누릴 것인가. 쉽지는 않았지만 여기서 '아니'라는 답을 냈다. 왜? 치킨 자체의 영양학적 문제가 아니라, 치킨을 찾게 되는 내 마음이, 아니 그 마음을 대하는 방식 자체가 문제였기 때문이다.

내가 치킨을 찾는 건, 나아가 치킨뿐만 아니라 야식을 찾게 되는 건 단순히 배고파서가 아니었다. 늦은 밤까지 일을 하고 돌아오면 허기가 올라오긴 한다. 그렇지만 꼭 치킨 한 마리, 심지어 두 마리까지. 그게 비록 한 마리 가격에 두 마리를 줄지라도 그렇게까지 먹을 필요는 없었다. 늦은 밤에는 바나나 몇 송이, 아니 몇 송이가 아니라 날개로 몇 개와 요구르트를 먹어도, 고구마 몇 조각과 우유를 먹어도 어느 정도 포만감을 유지할 수 있다. 습관만 되면 꼭 뭘 먹지 않아도 된다. 뭘 먹더라도 꼭 치킨이어야만 하는 이유는 없다.

미각이 손상되지만 않으면 사람의 몸은 특정 영양소가 필요할 때 그 영양소를 섭취할 수 있는 음식을 찾는다. 임신하신 분들께서 그러듯이 말이다. 그럼 내가 치킨을 찾는 건 영양소 결핍 때문이었을까. 결핍된 탄단지(탄수화물, 단백질, 지방)를 닭과 파우더와 기름의 환상적인 조화로 보충하기 위한 내 몸의 본능적 신호였을까. 당연히 아니다. 영양의 질과 균형의 문제지 영양 자체가 모자란 삶은 아니다. 오히려 과해서 문제다.

결국 내가 그토록 치킨과 친숙했던 건 배가 허해서가 아니라 마음이 허했기에, 영양 결핍이 아니라 심리적인 결핍이 있었기 때문이었다. 스트레스로 한두 번 치킨을 찾는 게 문제 될 건 없다. 하지만 스트레스 단계별 치킨 보상체계를 구축할 만큼 익숙해져 있다는 건 근본적인 해결은 마다한 채 계속 표면적 증상 완화만 하고 있었다는 것이다. 얼마나 더 맛있는 치킨을 찾을 것인가라는 화두는 여전히 내 삶과 함께 하겠지만, 그보다 더 중요한 건 그렇게 치킨을 찾는 내 마음의 공허함을 어떻게 잘 달랠 것인가다.

가볍게는 반복된 야식부터 크게는 모든 중독, 집착, 강박까지. 무언가에 얽매여 있거나 필요 이상으로 찾게 되는 현상 아래에는 그걸 일으키는 마음이 있다. 그 마음을 올바르게 바라보지 않고 근본적으로 다루지 않는 한, 표면으로 일어나는 현상은 다른 방식으로라도 반복된다.

무엇으로 내 마음의 공허함을 뒤덮고 있는가. 그렇게 임시로 덮은 내 마음은 지금 무엇을 외치고 있는가. 변화를 원한다면, 공허한 마음을 달래려면 그걸 바라보는 것부터 시작해야 한다.

뭐, 하루쯤은 치킨을 먹으면서 시작해도 된다. 인생 너무 각박하게 살 필요는 없으니까.

힘들 땐 그냥 울어

과거, 취업 과정에서 깨달은 사실이 하나 있다. 채용 결과 화면을 보고 단번에 "합격"임을 알 수 없다면 그건 "불합격"을 뜻한다는 것이다.

합격 페이지는 단순하다. "축하해. 너 최종 합격했어. 추가 안내해 줄게." 이 세 마디면 충분하다. 반면 불합격 페이지는 복잡하다. 뭔가 말이 많다. 비겁한 변명 때문이다. "저희 회사에 대한 많은 관심과 지원에 진심으로 감사드립니다. 귀하의 능력과 자질은 높이 평가되었으나, 제한된 인원 선발 등 여러 가지 제약 조건으로 인해 이번 채용에서는 부득이하게도…" 원래 미안한 이야기는 쉽게 말이 길어진다.

내가 이 사실을 알 수 있었던 건, 꽤 많은 기업들의 불합격 결과를 두 눈으로 직접 관찰했기 때문이다. 다만 관찰 과정에서 안타까웠던 건 그 결과가 내 결과였다는 것이다. 대학 졸업을 앞둔 4학년 2학기. 지원한 모든 기업에서 떨어졌다. 취업난이 또래의 현실이지만 내 현실은 아닐 것만 같았다. 딱히 근거는 없었다. 그냥 그럴 것만 같았다. 세상은 내게 보여줬다. 정말 근거가 없었다는걸.

생각도 못 한 취업 실패를 겪었을 당시, 누나 집에 얹혀살고 있었다. 똥오줌 못 가리는 모습조차 다 봐왔을 누나지만 내 속마음은 보이고 싶지 않았다. 내 문제로 굳이 가족을 걱정시키고 싶지 않았다. 가장 가까운 게 가족이라지만, 가족이기에 더욱 그랬다. 게다가 어린 조카들도 함께 있었다. 멋진 모습을 각인시켜주지는 못할지언정 최소한 실패자의 모습은 숨길 수 있지 않을까. 일단 중간은 가고 볼 일이다. 백수가 과로사한다고, 남은 전형이 없어 딱히 할 일은 없지만 그럼에도 매일 학교로 나갔다. 괜히 바쁜 척 늦게 들어왔고, 책상 위에는 의도적으로 책 몇 권을 올려뒀다. 괜찮지 않지만 괜찮은 척하기. 아무렇지 않은 척하기. 나를 믿어주는 사람들을 위한 배려였지만, 사실 그건 마지막 남은 자존심을 지키기 위한 포장이었다.

외출을 마치고 집으로 돌아오던 어느 날. 무심코 엘리베이터 안에 있는 거울을 바라봤다. 각종 안내물이 덕지덕지 붙은 커다란 거울 안에 웬 생기 없는 한 남자가 보였다. 눈에 힘은 없고 다크서클은 진하며 표정은 굳어 있고 자세는 무기력했다. 그건 나였다. 다른 누구도 아닌 나였다.

괜찮은 척을 꽤 잘하고 있다고 믿고 있었다. 언제부터였을까. 내 감정과 욕구를 억제하는 데 익숙한 아이였다. 그러다 나조차도 속을만큼 능숙해졌다. 이번에도 역시 완벽히 속였다고 생각했다. 착각이었다. 거울은 거짓말을 하지 않는다. 거울 속 내 모습은 내가 봐도 안타까울 정도로 어두웠다. 그걸 모른 채 평정심을 유지하고 있다고 믿고 있는, 아니 어쩌면 믿고 싶었던 내가 바보 같았다.

사람에게는 감당하기 어려운 상황을 인정하지 않으려는 심리가 있다. 현실을 부정함으로써 내면의 불안을 회피하려는 방어기제다. 나는 도망치고 있었다. 현재 상황을 있는 그대로 받아들이지 못했고, 슬픔과 고통을 애써 누르며 그 위에 거짓 평온을 세웠다. 그런다고 현실이 바뀌는 것도, 감정이 마법처럼 사라지는 것도 아니다. 오히려 외면할수록 상처는 내면 깊은 곳으로 들어가 쌓이고, 그렇게 쌓인 감정은 그대로 곪아 언젠가는 제 모습을 드러낸다. 더 큰 상처가 되어.

조금의 용기를 내기로 했다. 현실을 있는 그대로 바라보기로. 내 아픈 감정을 온전히 받아들이기로. 억지로 괜찮은 척하고 있는 내 몸과 마음의 긴장을 풀었다. 긍정적으로 생각해야 된다는 의무감 없이, 나보다 더 힘든 사람도 있다는 공허한 비교 없이, 그냥 아무런 판단 없이 느껴지는 대로 느꼈다.

처음에는 답답함이 몰려왔다. 그냥 답답해했다. 답답함은 곧 짜증이 됐다. 그냥 짜증 나는 상태로 있었다. 무엇이 느껴지든 느껴지는 대로 있었고, 무엇을 느끼든 스스로 자책하지 않기로 했다.

그렇게 얼마의 시간이 흘렀다. 어느 순간 나도 모르게 울컥하는 마음이 올라왔다. 양쪽 눈가에 눈물이 맺히기 시작하더니 이내 곧 양옆으로 흘러내렸다. 조카들에게 멋진 모습을 보여야 한다니 가족에게 걱정을 끼치고 싶지 않다니 자존심이니 이런 건 다 갖다 버리고 그냥 눈물이 흐르는 대로 한참을 있었다.

시간이 더욱 흘러 베개까지 촉촉해질 때였다. 흘러내리는 눈물의 양만큼 내면에 변화가 생겼다. 어딘가 모르게 마음이 시원해졌고 기분이 한결 나아졌다. 생각이 정리되기 시작했고, 먹구름 같았던 머릿속에 한 가지 진실이 떠올랐다.

'왜 나한테 이런 일이 생겼지. 그런데 잠깐만. 지금껏 내가 매번 성공만 했나? 크든 작든 항상 시행착오는 있었어. 그럼에도 불구하고 여기까지 걸어왔잖아. 어쨌든 예전보다는 성장했잖아.'

그랬다. 안타깝게도 삶이 항상 내 마음대로 되는 건 아니었다. 입시, 군대, 연애, 취업, 사업, 어쩌면 삶의 모든 것에는 내 기대와 다른 무엇이 있었다. 하지만 다르게 생각해 보면 그 과정들을 통해 조금씩 성장할 수 있었고, 그 과정들이 있었음에도 어쨌든 지금까지 걸어올 수 있었다. 지금의 현실이 힘든 건 사실이지만, 이것 역시 거부할 수 없는 나의 현실이며 그럼에도 여전히 나의 삶은 진행 중이었다.

이 날의 사건에서 배운 실패의 긍정적 측면은 지금까지 내 인생에 많은 영향을 끼쳤다. 하지만 눈물과 함께 얻은 첫 번째 깨달음은 건설적이고 발전적인 생각 자체가 아니다. 그런 생각이 자연스레 일어날 수 있었던 배경, 즉 힘든 순간을 인정하고 그 순간을 살아가는 자신을 받아들이는 태도.

부정했던 현실을 눈물과 함께 직시하고 나에게 일어나는 감정을 있는 그대로 받아들였다. 그랬기에 혼란스러운 먹구름이 사라지고 그만큼 새로운 생각과 마음이 들어올 수 있는 여백이 생겼다. 그리고 스스로 떠오른 내면의 지혜가 그 여백을 채워 나갔다.

사람은 자신에게 좋은 일만 일어나기를 기대한다. 당연하다. 누가 나쁜 일을 겪고 싶을까. 다만 이런 바람 탓에 이미 일어난 일까지 부정하는 순간 삶은 더 고달파진다. 어쨌든 다 내 삶이고, 나는 그 삶을 살아가야 하니 말이다. 내 앞에 닥친 현실을 인정하고 내 안에서 올라오는 감정을 수용하는 것. 이것이 실패를 대하는 첫 번째 방법이다.

사라지는 일거리에 대처하는 법

매주 강의를 나가던 기관의 교육 담당자로부터 갑작스러운 연락을 받았다. COVID-19의 확산 방지를 위해 일정 기간 휴관한다고 했다. 언제 다시 교육이 재개될지는 담당자역시 알지 못했다. 그건 누구도 알 수 없었다. 다른 특강들도 모두 무기한 연기되었고, 어떤 특강은 취소인지 연기인지 통보조차 받지 못했다. 피해를 본 건 나뿐만이 아니었다. 정부의 안전조치로 인해 대부분의 교육 기관들이 휴관했다. 그냥 공공, 민간 구분 없이 사람들이 모여서 이뤄지는 행사들 자체가 모두 취소됐다. 그때그때 일한 만큼 먹고사는 프리랜서로서 상당히 혼란스러운 일이다.

생각나는 한 남자가 있다. 그는 연극배우가 되고 싶었다. 무대에 서겠다는 생각으로 변두리의 작은 마을을 떠나 대도

시로 향했다. 하지만 그가 극단에 들어간 건 배우로서가 아니라 자질구레한 일을 도맡는 잡부로서다. 그렇게라도 극단에 들어가야 했다. 경험도 배경도 없는 그에게 선뜻 배우를 시켜주는 극단은 없었기 때문이다.

어쩌겠는가. 그는 극단의 이런저런 일을 도맡아 했다. 대신 잡부 일을 하면서도 틈틈이 배우들의 대사와 동작을 관찰하고 익혔다.

얼마 후, 영화 같은 일이 실제로 벌어졌다. 마부 역을 맡은 배우가 병이 나는 바람에 대신해서 무대에 서게 됐다. 평소 혼자서라도 연기를 연습하던 모습에 눈에 띄어 기회를 얻은 것이다. 비중이 낮은 역이었지만 그렇게 드디어 무대에 설 수 있었고, 이를 시작으로 조금씩 배우로서의 경험을 쌓아갔다. 연기에 대한 열정이 있어서일까. 더 재미있는 무대를 만들고자 이제는 대본도 조금씩 고쳐보는 연습을 했다.

아직 큰 성공을 이루지는 못했지만 조금씩 제 역할을 찾아가고 있었다. 이때 누구도 생각하지 못한 일이 벌어졌다. 대규모 전염병이 돌기 시작한 것이다. 대중이 모이는 모든 단체 활동이 금지됐다. 극장 역시 1년이 넘게 무기한 폐쇄됐고, 배우들은 졸지에 실업자가 됐다. 이를 계기로 극단들 역시 전면적으로 재편되기 시작했다. 마부 역부터 차근차근 경험을 쌓아가던 그 역시 더 이상 무대에 설 수 없었다. 힘들게 얻은 기회도 전염병과 국가적 통제 앞에서는 어찌할 도리가 없었다.

더 이상 연기를 할 수 없었던 그는 다른 선택을 내렸다. 집필 활동에 투자한 것이다. 기존의 대본을 조금씩 손보는 걸 넘어, 이번에는 자신만의 연극 대본을 만들기 시작했다. 그렇게 새롭게 창작 활동을 펼쳤고 몇 편의 작품을 내놓아 결국 신진 작가로 발돋움할 수 있었다. 그의 이름을 우리는 '셰익스피어' 라고 부른다.

당시 유럽을 휩쓸었던 전염병은 그 유명한 페스트다. 그 정도의 질병을 예상한 사람이 과연 얼마나 있을까. COVID-19 역시 마찬가지다. 그동안 몇 차례 전염병은 있었지만 전세계가 이 정도로 영향을 받는 일은 없었다. 어릴 적, 모든 학생이 학교를 가지 않는 일을 상상했었지만 진짜로 그 상상이 현실이 되는 일은 상상하지 못했다. 말 그대로 예상하지 못한 일이다.

모든 일을 예상할 수는, 통제할 수는 없다. 대신 이 상황 속에서 무엇을 할지는 나의 선택이다. 기껏 오른 무대를 떠나야 했던 셰익스피어가 그랬듯, 나 역시 이 상황 속에서 내가 할 수 없는 일보다는 할 수 있는 일에 집중하고자 한다. 어찌할 수 없는 이 거대한 흐름을 원망한들 달라지는 것은 없다. 상황은 말도 안 되고 그로 인해 일어나는 감정은 복잡하지만 뭐 어쩌겠는가. 이미 일어난 일은 일어난 일이다. 대신 그 흐름 안에서 나의 역할과 내가 할 수 있는 일은 무엇일까를 생각해보는 게 나에게도 또 내가 속한 사회에도 이롭다.

결국 내가 선택한 건 글쓰기다. 이참에 조용히 집에 머물며 마음과 원고를 가다듬는 일에 집중하기로 했다. 셰익스피어의 작품처럼 걸작이 나올지, 이름 모를 작가의 금세 잊힐 작품이 나올지 그 결과는 누구도 알 수 없다. 하지만 이게 나의 일이고 또 내가 할 수 있는 일이다. 그럼 하는 거다.

너무 힘들 땐 시야를 넓혀봐

마음의 여유를 잃는 순간 삶을 바라보는 시야가 좁아진다. 시야가 좁아질수록 작은 일에 연연한다. 그럴수록 마음의 여유는 더욱 사라진다. 악순환이 시작되는 것이다.

반대로 어떤 상황에서도 마음의 여유를 가질 수 있을 때, 삶을 바라보는 관점에 작은 균열이 생긴다. 당장의 상황에만 매몰되는 게 아니라 더 넓은 관점에서 현재 자신을 바라볼 수 있다. 이때 상황을 극복할 수 있는 힘이 생긴다.

졸업을 앞둔 대학교 마지막 학기는 다들 취업 준비에 정신없는 시기다. 돌이켜보면 막상 시간은 가장 많았던 학기였다. 취업에 전념해야 하는 학생들을 위해 대부분의 교수님들이 수업과 과제, 프로젝트의 수위를 낮춰주었기 때문이다. 그럼에도 정신없이 시간이 지나간 이유는 무엇일까. 엄

밀히 따졌을 때, 당시 나에게 부족했던 건 '절대적인 시간의 양' 보다는 '상대적인 마음의 여유' 였다. 바라볼 수 있는 미래라고는 당장 며칠 후에 있을 어느 기업의 지원서 접수일이 전부였다. 천천히 준비하면 될 일에도 항상 어딘가에 쫓기는 심정이었다. 그만큼 사소한 일에도 예민했고 별 일하지 않은 상황에서도 쉽게 피로감을 느꼈다.

처음으로 마음에 여백이 생겼던 건 지원한 모든 기업에서 떨어지고, 그냥 속 시원하게 잔뜩 눈물을 흘리고 난 후였다. 취업 실패를 겸허히 받아들이고 억눌러왔던 감정을 해소한 순간이었다. 그 여백에 잠시 기대어 생각했다. 지금 난 어떤 상태인지, 도대체 내 삶에 무슨 일이 벌어지고 있는 건지, 그리고 앞으로 어떻게 살아야 할 것인지.

그때 한 가지 상상을 했다. 앞으로 수십 년이 지나 인생의 후반부에 접어든 나의 모습이다. 어떤 삶을 살고 있을지 정확히는 알 수 없다. 다만 인생에 대한 많은 통찰을 얻었을 것이고, 지금과는 다른 관점에서 삶을 바라보고 있을 것이다. 개인적인 욕심으론 꽤 지혜로운 어른이 되어 있기를 희망한다.

꽤 어른이 되어 있는 난, 지난 청춘의 시절을 돌아보며 과연 어떤 생각을 할까. 특히 지금의 시기, 즉 취업이란 하나의 장벽에서 허우적거리고 있는 나를 회상하며 어떤 생각을 할까.

음, 조금 더 고민이 필요했다. 구체적인 모습이 그려지지는 않았다. 다만 한 가지 확실한 건 있었다. 내가 4학년 2학기 졸업을 마치고 바로 취업하지 못한 것을, 20대 중후반에 대한민국 취업 시장에서 잘나가는 취업 준비생이 아니었음을 후회하지는 않을 거라는 사실이다.

시간이 지나고 나면 지금 나를 고달프게 하는 첫 직장도, 삶을 살아가는 과정의 한 부분에 불과할 것이다. 첫 직장이 결코 내 인생의 전부를 결정하지 않을 것이며, 따라서 이 한 가지 일에 내 전부가 무너지는듯한 고통을 느낄 필요는 없다.

지금도 어쩌다 한 번씩 과거의 기록들을 살펴보며, 또 지인들과 지난 추억을 나누며 느끼곤 한다.

'아, 내가 참 별거 없는 일들로 스스로를 힘들게 했구나. 그땐 왜 그렇게 심각했지? 그럴 필요가 없는 일이었는데.'

어릴 때 당면했던 문제가, 지나고 나서 돌이켜보면 정말 사소한 일인 경우가 많다. 내게 전부라고 여겼던 대상과 일이 기억도 나지 않는 희미한 만남인 경우도 많다. 반대로 생각해보면, 지금 당장 내 눈앞에 보이는 문제와 나를 고통스럽게 하는 좌절도 인생 전체로 봤을 때는 생각보다 대수롭지 않은 일일지도 모른다.

이런 생각은 나의 직업관을 바꾸었다. 항상 진로에 대한 고민이 많았다. 하루빨리 확고한 방향을 세워 그동안의 방황을 끝내고 싶었다. 취업을 준비하며 수시로 '천직'을, '천직 찾는 방법'을 검색했다. 많은 사람들이 자신에게 꼭 맞는 직무, 자신과 문화가 맞는 기업을 찾으라고 조언하지 않나. 나 역시 그러고 싶었고 또 그래야만 했다.

그럼에도 끝내 천직을 찾을 수 없었다. 오히려 천직에 대한 부담감이 내 발목을 잡는 일이 많았다. 천직의 중요성을 높인 탓에 당장 천직을 찾지 못한 스스로를 보며 더 깊은 고민에 빠졌다. 나와 꼭 맞는 기업과 직무를 찾다 보니 구직 활동에 많은 제약이 있었다.

앞으로 살아갈 날에 비하면 아직 세상과 나에 대해 모르는 게 많았다. 이 상황에서, 또 모든 것이 빠르게 변하는 현실 속에서 평생을 바칠 무언가를 찾으려는 건 욕심이었다. 지금은 유연한 관점에서 자신과 일을 알아가며 그 과정을 즐길 줄 아는 태도가 더 필요한 때였다.

첫 직장으로 천직을 찾겠다는 욕심을 과감히 내려놨다. 어쩌면 한 번 더 시행착오를 겪을 수도 있으나, 충분히 그럴 수 있고 또 그래도 괜찮다고 스스로를 다독였다. 그러자 꿈이 없어 고민만 하던 악순환에서 한 발짝 벗어날 수 있었다. 꿈과 천직에 대한 부담감을 내려놨기에 오히려 활력이 생겼다.

이와 함께 한 가지 고정관념에 대해서도 질문을 던졌다. 그건 꼭 직장을 가져야만 하는 것인가다. 난 당연히 회사원이 될 줄 알았다. 설령 좋은 성적으로 좋은 대학에 들어가 좋은 스펙을 쌓은 뒤 좋은 기업에 입사한다는 강요된 바른 삶의 모습을 지키지는 못할지라도, 어쨌든 회사원이 되는 것에는 이변이 없을 거라 생각했다.

그런데 좋은 기업은커녕 내가 지원한 모든 기업에서 떨어졌다. 당연히 내가 걸어가리라 생각했던 길이 끊어졌다. 당연한 게 당연하지 않게 된 것이다. 덕분에 근본부터 다시 생각할 수 있었다. 이 길이 꼭 정답일까. 꼭 좋은 기업에 들어가 인정받는 삶만이 정답일까. 설령 누군가의 정답일지언정 그게 내 삶에도 똑같이 적용될 수 있을까.

곱씹어보면 삶에 당연한 길이란 없다. 졸업 후 사업을 하는 사람도, 학생이면서 자기 일을 병행하는 사람도, 심지어 대학을 아예 안 가고 바로 일을 시작한 사람도 있다. 중요한 건 그럼에도 각자 행복하게 자신의 길을 걸어가고 있다는 것이다.

어떤 삶이 내 길인지는 모르겠지만 이것 하나는 확실했다. 삶의 길이 한 가지가 아니라는 것. '좋은' 성적과 대학과 기업이라는 길이 모두의 정답이라고는 어느 누구도 장담할 수 없다. 게다가 그 '좋다'라는 기준조차 내 것이 아니었다. 어릴 때부터 이 길이 좋은 길이라고 들어왔기에 막연히 좋다고 생각했을 뿐, 진짜 내가 좋아서 그 길을 생각해왔던 건 아니었다. 내가 아닌 타인과 사회의 기준이었다.

덕분에 뻔하게 흘러갈지도 몰랐던 내 삶의 경로에 작은 균열이 일어났다. 오히려 여유 있게 취업 준비에 임할 수 있었고 원했던 조건의 대기업에 합격해 근무할 수 있었다. 이후 과감히 회사를 그만둘 용기를 낼 수 있었고, 지금까지 하고 싶은 일들을 하나씩 도전해오고 있다. 그렇다고 현재 성공했다는 건 아니다. 여전히 크게 내세울 것 없이 방황 중인 사람이고, 그 방황은 앞으로도 계속될 것이다.

대신 과거에 비해 달라진 게 있다. 현재 내가 안고 있는 고민의 대부분이 생각만큼 심각하지 않음을 안다. 내가 처한 문제도 결국엔 흘러가는 일임을 안다. 그렇기에 방황 중임에도 기꺼이 방황할 수 있고, 현재의 상태와 위치로 내 존재와 삶 전체를 평가하는 실수를 범하지 않을 수 있다.

잠시 숨을 돌리고 시야를 넓혀보자. 마음의 여유를 가져보자. 모든 순간은 흘러간다. 어떠한 문제와 마주했든 지금의 상황은 영원하지 않으며 결국엔 이를 극복한 자신과 만나게 될 것이다. 아마 그 미래의 나는 이렇게 말하지 않을까.

"뭐 하러 그렇게 심각했어? 그럴 일은 아니었는데."

이렇게 된 김에 끌리는 대로

.

난 운명론자가 아니다. 인간에게는 자유의지가 있으며 충분히 변화를 만들어낼 잠재력이 있음을 안다.

수십 년간 공부한 명리학자를 만난 적이 있다. 자신의 이론에 자신감을 갖고 많은 사람들의 사주팔자를 봐주고 있었다. 그는 말했다. 운명이란 존재한다고. 깊은 공부를 통해 자신의 운명을 알 수 있으며, 자신은 사람들에게 운명을 알려줘 바른길을 갈 수 있도록 돕는 일을 하는 것이라고.

운명에 대해서는 명리학이든 점성술이든, 공부하는 사람마다 생각이 다르다. 따라서 그분의 생각은 한 사람의 의견으로 접근하면 된다. 각자의 의견이 있는 거니까. 다만 궁금했다. 이 분은 과연 자신의 사주팔자를 보고 무슨 생각을 했을까. 정해진 운명이 있고 그 운명을 자신의 이론으로 알 수 있다면, 객관성을 떠나 어쨌든 자신의 미래가 어떻게 흘러갈지 그 결과도 이미 다 안다는 것 아닌가. 그럼 힘이 빠지지 않을까. 내가 공부를 열심히 하든 안 하든 시험 점수도 합격자도 모두 다 정해져있는 꼴 아닌가. 내 질문에 대한 그 명리학자의 답변은 예상과 달랐다.

"제 운명을 아는 순간, 오히려 삶이 편해졌습니다."

그렇게 말한 데는 이유가 있었다.

"사람이 미래를 안다고 가정해볼까요. 그럼 관심이 없게 됩니다. 이미 아니까요. 그리고 그냥 매일 자기 할 일에 열중하게 됩니다. 모르니까 자꾸 알려고 애쓰는 것이고, 모르니까 필요 이상으로 불안해하는 겁니다."

난 여전히 운명론자가 아니며 그의 이론이 100% 맞다고도 생각하지 않는다. 맞다고 여겼다면 이렇게 글 쓸 시간에 그 명리학자를 쫓아다니며 공부하기 바빴을 것이다. 하지만 관심을 끊고 이렇게 글을 끄적이고 있다.

뭐, 누군가는 말할 수 있다. "넌 애초에 관심을 끊고 이렇게 글을 쓸 운명이었어!" 이러면 할 말은 없다. 대화의 전제가 다르니까. 다만 그 명리학자가 이미 정해진 운명을 안다고 여기면서도 어떻게 자기 할 일에 집중할 수 있는지 그 마음은 이해한다. '스피노자'라는 철학자로 우회해서 말이다.

스피노자는 "내일 지구가 멸망할지라도 나는 오늘 한 그루의 사과나무를 심겠다" 라는 말로 유명하다. 사실 스피노자가 이 말을 했다는 건 우리나라와 일본에 잘못 퍼진 정보다. 유럽에서는 대체로 마틴 루터의 말이라고 보나, 이마저도 확실하지 않다는 의견이 있다. 누가 했는지 확신할 수는 없지만 어쨌든 스피노자는 아니다. 그럼에도 스피노자의 말이라고 널리 퍼질 수 있었던 첫 번째 이유는 정보의 확산이 어느 정도 임계점을 넘어가는 순간 기정사실화되는 사회적 현상 때문이다. 그리고 중요한 두 번째 이유는, 이 말이 실제로 스피노자가 했을 법한 말이기도 하기 때문이다.

스피노자는 결정론적인 관점을 갖고 있었다. 그에 따르면 삶은 필연적이다. 삶에 우연이란 없으며, 모든 일은 전 우주적인 질서에 의해 움직이고 있다. 그 질서는 쉽게 말해 원인이 있으면 그에 맞는 결과가 일어나는 인과법칙이다.

이게 당장 멸망을 앞두고 심는 사과나무와 무슨 상관일까. 그의 관점에서는 지구 멸망이라는 말도 안 되는 일조차 필연적인 현상이다. 그럴 만한 원인이 있었으니 그 일이 일어나는 것이다. 그럼 어쩌겠는가. 받아들이는 수밖에 없지 않은가. 단지 이를 일으킨 자연적 질서의 규모가 인간의 생각을 훨씬 뛰어넘기에, 하필이면 나에게 발생한 불운한 사건으로 치부되거나 받아들이기 어려울 뿐이다. 스피노자는 진정한 자유란 모든 인과를 무시한 채 자신만의 욕망만을 외치는 게 아니라 자연적인 본성을 이해하고 이에 젖어들어가는 것이라고 보았다. 그랬기에 삶에서 일어나는 사건을 받아들이며 마음의 평안을 얻을 수 있었다. 더불어 힘든 상황 속에서도 사과나무를 심듯 묵묵히 자신의 일에 전념했다. 단 하루가 남았더라도 이왕이면 좋은 원인을 만들고 행복을 누리는 게 낫지 않겠는가.

실제로 그는 교단으로부터 파문당하고 수많은 사람들로부터 비난받으며 안경알을 가는 일로 생계를 유지했다. 그의 저술과 주장은 당시 사회에서 크게 인정받지 못했다. 게다가 40대의 나이에 폐병으로 죽음을 맞게 된다. 그럼에도 자신의 철학적 신념에 따라 조용하고 평안하게 저술 활동을 하다 세상을 떠난다. 그는 마지막 죽음조차 자연스럽게 받아들였다.

모두가 스피노자가 될 필요는 없다. 스피노자의 철학에 동의할 필요도 없다. 나 역시 그러지 않는다. 다만 내 마음대로 되지 않는 삶에 힘이 들 때면 잠시 스피노자의 관점을 빌려보는 건 어떨까. 현재 일어나는 일은 일어날 만한 이유가 있으니 일어난 것이다. 그러니 이해하고 받아들이면 된다. 미래에 일어날 일은 일어날 것이고 일어나지 않을 일은 일어나지 않을 것이다. 그러니 두려움과 불안함에 머뭇거리며 스스로 고통을 주기보다는 그냥 자신의 본성을 따르고 스스로 행복하면 된다.

"될 일은 될 거야. 안 된 건 그럴 만한 이유가 있으니 안 되었겠지. 그래? 그럼 그냥 내 할 일 하자."

확실하지 않은 운명을 알기 위해 수 십 년을 공부할 작정이 아니라면 그냥 쉽게 생각하자. 때로는 이런 단순한 생각이 삶을 평온하게 만든다.

두렵다면 두려움을 바라보는 것부터

삶이 내 마음대로 되었으면 하는 통제의 욕구 이면에는 두려움을 회피하려는 심리적 기저가 있다. 두려움이 많을수록 더 많은 것을 통제하고자 하며 그만큼 매사에 많은 힘을 소비한다.

하지만 우리는 두려움이 만연한 탓에, 또한 많은 두려움들을 내면의 깊은 곳에 억압해둔 탓에 자신이 어떤 두려움을 갖고 있는지, 평소 얼마나 많은 두려움을 안고 있는지 모른 채 살아간다.

이때 자신의 생각과 마음을 알아볼 수 있는 유용한 방법이 '셀프 인터뷰'다. 자신이 직접 자신을 인터뷰하는 것이다. 나는 내 솔직한 마음을 알아보는 데도, 또 고민을 해결하고 의사결정을 내리는 데에도 이 셀프 인터뷰를 종종 활용한다.

셀프 인터뷰를 생각하게 된 배경은 '훈수'다. 어릴 적 숨은 그림찾기 게임을 하면서 느꼈다. 숨은 그림들이 뒷사람에게 신호라도 보내는 걸까. 오락기 앞에서는 그렇게 보이지 않던 것도, 게임하는 사람 뒤에 서서 보면 이상하리만큼 잘 보였다. 장기와 오목을 둘 때도 마찬가지였다. 내 게임이 아닐수록 묘수가 보인다.

삶도 그렇지 않을까. 시야를 옮겨 좀 더 넓은 관점에서 바라본다면, 마치 제3자인 양 객관적으로 바라본다면 안 보이던 것들이 보이고 조금 더 현명한 선택을 내릴 수 있지 않을까. 셀프 인터뷰는 그렇게 시작됐다.

셀프 인터뷰의 방법은 간단하다. 일종의 인터뷰 기사를 쓰는 것이다. 인물은 두 명이다. '지금의 나'와 '나와 대화를 나눌 지혜로운 누군가'다. 물론 둘 다 내 생각 안에 있지만, 지혜로운 누군가는 제3자처럼 나의 상황을 바라보며 공감도 해주고 때로는 조언도 준다. 이 둘이 나누는 이야기를 있는 그대로 글로 쓰면 된다. 구분을 위해 지혜로운 자에게 이름을 붙여도 좋다. 무인도에 갇힌 '척 놀랜드(영화 〈캐스트 어웨이〉 주인공)' 가 배구공에 '윌슨' 이라는 이름을 붙여 서로 대화를 나눈 것처럼 말이다.

두려움을 알아보기 위해 셀프 인터뷰에 앞서, 먼저 종이 위에 특별히 이 문장을 써보자.

"나는 ＿＿＿ 하기가 두렵다."

그리고 빈칸에 자신이 갖고 있는 두려움을 모두 쓴다. 지금 내가 두려워하는 것은 무엇인지, 삶에서 어떤 두려움을 안고 있었는지 말이다.

잘 떠오르지 않을 때는 다음과 같이 본격적으로 셀프 인터뷰를 시도한다. 너무 분석하지도 따지지도 말고 마음 속에 떠오르는 대로, 있는 그대로 솔직하게 써보자.

A 음... 잘 모르겠다만, 이런 질문 자체도 살짝 두려움을 일으키는데?

B 그래. 사소한 것부터 하나씩 생각해봐.

A 당연히 누군가 물리적인 위협을 가하려고 한다면, 혹은 사고를 겪게 된다면 그게 두렵겠지.

B 오케이. 감정적으로 피하고 싶은, 그런 일이 없었으면 하는, 기분 나쁜 상황도 함께 생각해봐.

A 누군가 나를 비난하는 게 싫어. 무시하는 것도 싫고.

B 또 말해봐.

A 잘못된 선택을 내리는 것, 사람들에게 좋지 않은 평가를 받는 것, 인정받지 못하는 것…

B 이게 맞냐 아니냐는 나중에 검증하고, 지금은 일단 떠오르는 대로 다 말해봐

A 사람으로부터 상처받는 것, 내 요구나 제안이 거절당하는 것, 실패를 마주하는 것, 내 권리를 요구하는 것, 부족한 내 모습을 드러내는 것, 규범이나 질서에서 어긋나는 것, 모르는 것… 거절, 비난, 상처, 뒤처짐, 미움… 이런 것들이 다 나에게는 두려움의 대상이야. 적고 나니 뭐가 참 많네. 내가 이렇게 많은 일들로 힘들어하고 있었을 생각을 하니 좀 허무하기도 하고. 근데 이렇게 털어놓으니 좀 시원하기도 하다.

B 잘했어! 일단 이렇게 알아보는 것만으로도 의미 있는 일이야. 그럼 이제 한 단계 더 넘어가 볼까? 만약 이 두려움들을 계속 피하기만 한다면 내 삶은 어떤 모습일까?

A 삶을 풍부하게 만드는 경험들이 사라질 거야. 도망 다니느라 내 세상은 좁아지고 제한된 삶을 살 테니까. 당연히 원하는 삶을 살지 못하겠지.

B 제일 크게 잃는 게 뭘까?

A 음... 자유. 그래, 자유야. 나에게 중요한 가치인 자유를 잃어.

B 만약 이대로 살다가 삶을 마감할 때가 된다면 그땐 어떤 후회를 할 것 같아?

A 괜한 일들로 상처받고 괜한 일들로 걱정한 것. 내 삶을 좀 더 누리지 못한 것. 좀 더 무모하지 못한 것!

B 계속 지금과 같은 방식으로 사는 게 맞을까?

A 뻔한 말씀을. 당연히 아니지!

B 만약 지금 내 두려움을 극복할 수 있다면 삶엔 어떤 변화가 생길 것 같아?

A 더 많이 시도하고 경험하고 부딪히고 나아가겠지!

B 좋아! 지금부터 게임을 시작하자. 두려움과 직면하는 게임. 나에게 심리적 저항감을 일으키는 것들, 내 발목을 잡는 것들, 반대로 내가 소망하는 것들을 다 적어봐.

A 알았어. 하나씩 적어보고 이제 두려움을 극복해야겠어. 언제부터?

B 뻔하지 않겠어? 지.금.당.장.

B 아, 놓친 게 하나 있다. 두려움과 직면하는 과정에서 때론 시행착오도 겪고 실수도 하게 될 거야. 그때마다 자

책하지 말고 실수를 축하해 줘. 그만큼 두려움의 틀을
깨고 있다는 거니까.

A 응, 알았어.

이런 내면의 대화와 끄적임 만으로 당장 내 두려움이 완
전히 사라지지는 않는다. 하지만 이렇게 두려움의 실체를
아는 것만으로도 많은 두려움은 해소된다. 사람은 기본적으
로 모르는 것을 더욱 두려워하기 때문이다.

2 장

벗어나기 :
나는 왜 나를
구속하는가

낮잠 좀 잔 게 뭐가 대수라고

낮잠을 잤다. 분명 늦잠이 아닌 낮잠이다. 제시간에 일어났고 밥도 챙겨 먹었다. 조금의 책도 읽고 글도 끄적였다. 이 정도면 괜찮은 아침이다. '잠깐만 누워서 좀 쉴까' 란 생각이 들었다. 알 수 없는 피로가 몰려왔다. 몸과 마음을 이완시키는 데 눕기보다 더 완벽한 자세가 있겠는가. 잠깐 쉴 거면 최적의 자세로 쉬어야지. 편안한 휴식을 위해 불도 끄고 방바닥에 누워 온몸의 힘을 빼기 시작했다. 그렇게 잠깐 눈을 감았다 떴을 땐 이미 날이 어두워지기 시작했다. 분명 눈 한 번 깜빡였을 뿐인데 말이다.

오늘 안으로 긴급하게 처리해야 할 일은 없었다. 미리 잡아 놓은 약속 역시 없었다. 그럼에도 내 잠깐이 몇 시간이었다는 사실을 알게 된 순간 어김없이 불편한 감정이 요동쳤다. 요동친 감정은 익숙한 생각을 끌고 왔다.

'오늘 하루 다 날아갔어. 이게 뭐야.' 그 생각은 꼬리에 꼬리를 물며 스스로 몸집을 키웠다. '아, 난 왜 이러지. 하루하루 최선을 다해 살아도 모자랄 판에 이래서 되겠어? 그렇게 해서 이 힘난한 세상을 어떻게 살려고?' 그리고 결론을 냈다. '망했어. 몰라.' 어두워진 창밖을 확인하고 망했다는 결론을 내기까지 그리 오랜 시간이 필요하지 않았다. 마치 대뇌를 거치지 않는 자동반사 현상 같다.

자신도 알아차리지 못할 만큼 순식간에, 이런 불편한 감정이 요동친 이유는 무엇일까. 그건 일어난 사건이 자신의 관념을 건들기 때문이다. 오랫동안 자리 잡은 고정된 관념일수록 그 감정적 반응은 더 크다. 이미 '나'와 하나로 여겨질 만큼 깊게 자리 잡은 '관념'에 반하는 사건을 만나는 건, '나'의 존재를 부정하는 것과 같은 위협으로 여겨지기 때문이다.

매일 최선을 다해 충분한 양의 일을 해내야 한다는 압박감이 있었다. 높은 기준을 세워두고 이를 달성하면 성공한 하루, 그렇지 않으면 실패한 하루다. 여행도 취미도 모든 것이 성취의 대상이며, 결과물이 없는 하루는 공허하다. 이렇게 열심히 살아야 안전하게 세상을 살아갈 수 있고, 나아가 성공할 수 있다는 고정 관념이 마음속 깊은 곳에 자리 잡았다. 과거, 수면 시간을 어떻게든 줄이고자 인간의 수면 활동에 대해 공부하고 3, 4시간 수면법에도 도전한 적이 있다. 그 배경에는 역시 하루에 최대한 많은 일을 해내야 한다는 압박감과 관념이 있었다.

몇 시간이나 지속된 낮잠은 내가 가졌던 고정관념과 상충했다. 그렇기에 매일 이렇게 잠만 자는 것도 아님에도 고작 한 번의 낮잠 따위에 '망했다' 라는 해괴망측한 결론을 냈다. 남은 하루는 물론 마치 인생까지 던져버릴 듯한 반응을 보였다. 누가 봐도 과잉 반응이지만 이 과잉 반응은 순식간에 일어났고, 사실은 의식하지 못하는 매 순간 내 안에 머물고 있었다. 그만큼 몸과 마음의 에너지를 소진시키며 말이다.

삶에 최선을 다하는 사람은 멋지다. 매일 자신의 일에 충실한 사람으로부터 영감을 받는다. 하지만 그건 그거고 낮잠은 낮잠이다. 낮잠 좀 잤다고 죄책감과 불안감까지 느낄 필요는 없다. 어쩌면 지금은 낮잠이 최선일 수도 있다. 어떠한 이유에서건 몸이 많은 수면을 필요로 했을지도 모른다. 그럼 나를 위해 좋은 일이지 않나. 까짓것 하루쯤 잠 푹 자고 다시 할 일 하면 된다. 인간의 수면리듬으로 봤을 때 낮잠의 적정 시간은 15분에서 30분이고, 과도한 낮잠은 밤 수면의 질에 부정적인 영향을 끼치며... 맞는 이야기지만 이는 건강을 위한 정보일 뿐 죄책감을 가지기 위한 기준이 아니다. 몸의 상태에 따라 예외적 상황도 있는 법이고.

더불어 평생을 안고 살아온 고정관념에 대해서도 다시 한 번 질문을 던져볼 필요가 있다. 매일 최고의 노력으로 최대의 일을 해내야 한다는 관념은 과연 진실인가. 꼭 그렇게 살아야만 올바른 삶이고 이 험난한 세상에서 생존하고 성공할수 있는가. 이 무거운 관념이 누군가에게는 맞을지 몰라도 절대적 진실이라고는 볼 수 없다. 왜? 그렇지 않고도 행복하게 사는 사람이 충분히 많으니까. 대부분의 관념은 유동적이다. 맥락에 따라 다르게 적용된다. 그럼에도 이 유동적인 관념을 고정해 안정감을 느끼려는 게 인간의 모습이지만, 그 순간 사고와 행동의 폭이 제한되고 감정적 충돌이 늘어나게 되는 것 역시 삶의 모습이다.

어쩌면 통제할 수 없는 외부의 거대한 사건보다 스스로 만든 고정관념이 삶을 통제하는 더 강력한 틀인지도 모른다. 외부의 사건은 시간이 지나면 결국엔 흘러가지만 내부의 고정관념은 시간이 지날수록 점점 더 견고해지기 때문이다. 외부의 사건은 그 상황만 벗어나면 되지만 내부의 고정관념은 언제 어디서나 자신에게 고착돼 세상을 바라보고 해석하는 필터의 역할을 하기 때문이다. 이 틀이 두껍고 단단할수록 내 삶에 제약은 많아지고 그만큼 자유를 잃게 될 것이다. 그나마 다행인 건 이미 일어난 외부의 사건은 바꾸지 못하더라도, 내 고정관념은 바꿀 수 있다는 사실이다.

물론 모든 고정관념을 자신이 직접 만들었다고 보기 힘들 것이다. 많은 관념이 유전과 학습에 의해 형성되며, 대개 그 과정은 무의식적으로 일어난다. 하지만 그 관념에 영향을 받는 것은 결국 내 삶이다. 무의식적으로 받아들인 관념에 무의식적으로 따라간다고 누군가 삶을 대신 살아주거나 책임져주지 않는다.

살다 보면 결국엔 무의식을 의식하고, 의식적이며 주체적인 선택을 내려야 하는 순간이 온다. 그 순간, 이를 외면하지 않고 틀에서 벗어나 자유로워질 필요가 있다. 그 누구도 아닌 자신의 소중한 삶이기에.

무의식을 의식화하지 않으면, 무의식이 우리 삶의 방향을 결정하게 되는데, 우리는 바로 이것을 두고 운명이라고 부른다.

- 칼 융

겸손이라는 이유로 나를 깎지 말 것

"에이, 별거 아닙니다."

친한 형의 주최로 열린 모임에 참석했다. 좋은 사람들과 함께 하고 싶다고, 또 좋은 사람들을 서로 연결해 주고 싶다고 형이 직접 장소까지 다 빌려서 지인들을 초대했다. 고맙게도 그 모임에 초대받을 수 있었고 예상대로 좋은 분들을 만날 수 있었다. 게다가 더 고마웠던 건 형이 깜짝 선물로 내 책을 잔뜩 가져온 것이다. 첫 책을 낸 지 얼마 안 된 상황이었다. 형은 사람들에게 내가 작가임을 소개하며 한 번 읽어보라고 책을 한 권씩 나눠줬다.

생각하지 못했던 일에 당황했다. 형의 마음이 너무나도 고마운 것과는 별개로 일순간에 받는 많은 사람들의 관심이 어색했고, 책을 냈다는 사실에 놀라워하고 칭찬해 주는 사람들에게 부끄러웠다. 따지고 보면 남 보라고 만든 책임에도 남들이 내 눈앞에서 펼쳐 보고 있다는 사실이 민망했다. 사람들에게 말했다. 별거 아닌 책이라고, 그러니 편하게 읽어보셔도, 그냥 안 읽고 마음대로 두셔도 된다고. 그렇게 나를 잔뜩 띄어주는 어색한 분위기에 대처했다. 그때, 형이 건넨 말은 내가 무례한 실수를 저질렀다는 걸 깨닫게 해주었다.

"별거 아니라니. 이거 형이 선물하는 거야."

나와 내 책이 주목받는 상황에서 온갖 감정과 생각이 교차해서일까. 순간 정신이 없었다. 그래서 무의식적으로 말이 나왔을 것이다.

내가 저자기에 형이 나눠주는 책이 그저 내 것인 줄만 알았던 것일까. 겸손의 차원에서 별거 아닌 책이라고 사람들에게 말했다.

하지만 그 책은 온전히 내 것이 아니었다. 형이 손수 구해 본인의 소중한 사람들에게 나눠주는 선물이었다. 그 선물을 내가 저자라는 이유로, 겸손이라는 이유로 가치를 낮췄다. 이는 형에게 분명 무례한 행동이었다.

"아!"라는 탄식과 함께 등이 싸하며 말 문이 막혔다. 형에게 감사하다는 말에 이어 죄송하다는 말 밖에 할 수 없었다.

형의 배려로 다행히 내 식은땀과 달리 상황은 가볍게 넘어 갔고 이후 모임은 즐겁게 마무리되었다.

그럼에도 그날의 기억은 내게 크게 남아 있다. 분명 형에 게 무례했다. 애써 준비한 형의 선물을 별거 아닌 것으로 만 들어 버렸다. 더불어 그 선물을 받는 분들에게도 무례했다. 그들의 칭찬에 감사를 표하기에 앞서 부정부터 했다. 그런 데 내가 무례했던 대상은 여기서 끝이 아니었다. 또 한 명. 그 책을 쓴 저자, 즉 나에게도 무례했다.

겸손이 미덕이라 배웠다. 나를 낮추고 나를 내세우지 않는 것이 바람직한 태도라고 배웠다. 내 잘못은 여기서 시작됐 다. 겸손을 잘못 알고 있었다. 나를 낮추는 것과 나를 업신 여기는 것은 분명 달랐다. 진정 낮춘다는 것은 나도 존중하 고 상대방도 존중하기에 우위에 서고자 억지 부리지 않는 것이다. 반면, 나는 내 가치를 평가 절하함으로써 스스로를 낮추고자 했다. 그건 나에 대한 존중이 아니고, 상대방에 대 한 진정한 존중도 아니다. 다른 상황이라면 상대방의 가치 역시 평가 절하할 수 있다는 거니까.

그런 사고 탓에 사람들 앞에서 무의식적으로 나의 책을 ' 별거 아닌 책'으로 정의해버렸다. 어느 독자에게는 분명 내 책이 큰 가치가 없을 수 있다. 그다지 만족스럽지 못한 책일수 있다. 그건 어쩔 수 없다. 모두를 만족시킬 수는 없는 노릇이니까. 하지만 나는 그래서는 안 된다. 그 책이 탄생하기까지 얼마큼의 노력이 있었는지, 그 책을 쓸 수 있게 되기까지 얼마큼의 삶이 흘러왔는지 누구보다 잘 아는 게 나다. 남들이 어떻게 보더라도 나만큼은 내 소중한 책을 결코 낮게 봐서는 안 된다. 누가 뭐래도 최선을 다해 만든 소중한 작품이니까.

"이 책 걸작입니다. 제 책이거든요."

이후 의도적으로 연습한다. 사람들 앞에서 내 책을 소개할 때 스스로 명작이라고 이야기하는걸. 좋은 책이라고 평가하는걸. 청중들이 뭐라고 생각하든, 실제로 읽은 독자들의 평이 어떻든 내가 진정성을 담아 만든 책이기에 그건 분명 내게 세상 둘 도 없는 명작이다.

그리고 그 태도는 내 존재 자체에도 적용돼야 한다. 나는 세상에서 둘 도 없는 명작이다.

가식 따위 내던지고 솔직하기

이사를 하고 나면 그 주변을 몇 바퀴 돈다. 앞으로 내가 살 동네가 어떻게 생겼는지, 어디에 무엇이 있는지 살펴보기 위해서다.

해인사로 첫 템플스테이를 왔을 때도 이 레퍼토리는 반복됐다. 나름 며칠 묵다 가는 곳이라고 그 주변을 둘러보며 해인사가 어떻게 생겼는지, 그 주위에 내가 이용할 시설에는 무엇이 있는지를 살폈다. 주위 환경에 조금 익숙해질 때쯤이면, 아니 익숙해지기도 전에 나는 떠나야 한다. 그렇기에 오히려 주위를 더욱 둘러봤는지도 모른다. 모든 순간과 장면이 마지막일 수도 있으니 말이다. 시간이 한정되었음을 알면 이렇게 사람이 움직인다. 삶도 그렇지 않을까.

템플스테이를 한 건 분주한 도심을 잠시 떠나 조용한 환경 속에서 머리를 쉬게 하고 내면을 돌아보기 위해서다. 유명한 스님의 책 한 권도 들고 갔지만 이마저도 가방 깊숙한 곳에 넣어두고 꺼내지 않았다. 스마트폰 역시 전화도 문자도 오지 않도록 했다. 아무런 말도 하지 않고, 아무런 오지랖도 부리지 말고, 아무런 정보도 입력할 생각하지 말고 그냥 명상하며 잔뜩 멍 때리기. 그것만이 내가 며칠간 사찰에 묵으며 해야 할 일이었다.

어느덧 관광객의 숫자도 많이 줄어들 시간이었다. 이제 곧 저녁 식사다. 고대하던 템플스테이의 첫 식사를 맞이하게 되는 순간이다. 기대되는 마음으로 일정표를 확인했다. 식사 시간은 단 30분. 그 안에 밥을 다 먹고 나와야 한다. 자비로운 분들이라 여유 있게 가도 된다는, 좀 늦게 먹고 있어도 봐줄 거란 생각을 해선 안 된다. 모든 것이 다 수행인지라, 시간 약속은 칼 같다. 꼭 정해진 시간을 지켜야 한다.

조금 여유 있게 가서 밥을 먹는 그 풍경을 마음 편히 즐기기로 했다. 그래봤자 그냥 한 끼 먹는 거지만, 그래도 나름 생애 첫 템플스테이에서의 식사 아닌가. 뭐든지 '처음'과 '마지막'이란 수식어가 붙는 순간 그 체험은 황홀하다. 일정표를 보니 식사 장소는 '후원'이다. 그래. 후원으로 찾아가자.

음... 그런데 후원이 어디지?

분명 후원에서 밥을 먹는다고 쓰여있는 데 막상 후원이 어딘지 알 수 없었다. 해인사에 도착하면 관계자가 일일이 돌아다니면서 건물을 알려줄 거란 생각은 접어라. 그냥 옷 주고 일정표 주고 끝이다. 위치를 모르면 어쩐다? 지도를 보면 된다. 그러라고 지도가 있지 않은가. 보통 관광객들을 위해 입구 부근에 안내도를 두지 않나.

가서 확인했다. '이상하다.' 아무리 봐도 후원이 없다. 머리를 쓰자. 보통 이런 건물 이름에는 뜻이 담겨 있게 마련이다. 분명 후원의 후는 '後 (뒤 후)'를 뜻할 것이다. 그럼 어디 뒤에 있다는 것일까? 나름 주요 건물의 뒤일 게 분명하다. 본당인 '대적광전'이 아닐까. 그런데 해인사 대적광전 뒤엔 팔만대장경을 보관한 '장경판전'이 있다. 팔만대장경을 온전히 보관하기 위해 자연의 원리를 이용해 햇빛과 비를 막고 온습도 조절까지 하는 곳에서 요리를 하고 밥을 먹는다고? 어딘가 앞뒤가 안 맞다. 가보니 역시 길은 막혀 있었다. 뭐지? 슬슬 일이 꼬이고 있다는 걸 직감했다.

남자와 여자의 특징을 일반화하며 비교하는 걸 좋아하지는 않는다. 다만 이럴 때 꼭 생각나는 말이 있다. "남자들은 길을 모르면 그냥 물어보면 될 걸 괜히 혼자서 알아내려다가 시간 낭비한다." 그래. 혼자서 알아내려는 시도는 여기까지로 하자. 템플스테이 담당자가 있던 사무실로 향했다. 직원분께 여쭤보면 간단하지 않은가. 진작 그랬으면 될 걸 괜한 발걸음 했다.

아뿔싸. 문이 닫혔다. 이미 식사를 하러 가신 듯했다. 기념품을 판매하는 곳으로 갔다. 다른 직원분이 계실 테니까. 아뿔싸. 여기도 문이 닫혔다. 아무도 없다. 지나가는 스님에게라도 여쭤봐야겠다. 아뿔싸. 스님들조차 보이지 않았다. 그냥 널찍한 해인사 안에 나 혼자 있는 느낌이다.

눈에 보이지 않는다면 냄새를 맡자. 밥을 짓고 있다면 밥 냄새가 나야 하지 않은가. 그런데 신기한 건 그 냄새조차 안 난다는 것이다. 수행에 방해될까 철두철미하게 관리하는 걸까. 안 되겠다. 묵언수행을 위해 잠시 꺼놨던 스마트폰 데이터 통신을 연결했다. 우리에겐 지도 앱이 있다. 문명의 이기를 이용하자.

그런데 '해인사 후원'을 쳐도 아무것도 나오지 않았다. 해인사 부근 지도를 아무리 확대하고 옮겨봐도 '후원'이란 곳은 전혀 보이지 않았다. 이럴 수가. 후원이란 곳은 한낱 꿈에 불과한 것인가. 실체가 없는 것인가. 번뇌만 무상한 게 아니라 식사 장소까지 그렇단 것인가. 여긴 무서운 곳이구나.

그렇게 세상의 덧없음을 깨달을 때쯤 저 멀리 한 무리의 스님들이 보였다. 해인사 외곽 쪽으로 걸어가고 계셨다. 아하! 극락은 저곳에 있구나. 식당은 외곽에 있었던 거구나. 스님들의 발자취를 쫓아 부리나케 걸어갔다. 지도 어플을 보니 해인사 조금 떨어진 곳에 별도의 공간이 하나 있었다. 후원이 여기였구나. 특정 건물 바로 뒤가 아니라, 이 부지 전체의 뒤에 있었구나. 내가 시야가 좁았구나. 희망에 찬 걸음으로 스님들이 가는 곳으로 향했다.

그렇게 부리나케 발걸음을 옮기던 난, 스님들을 한참 앞지르고 나서야 깨달았다. 이 길이 잘못된 길이었다는걸. 그 스님들은 저녁 식사를 하지 않는 분들이었다. 그저 주변 산길을 산책하러 나오신 걸 내가 쫓은 것이다. 내가 가는 길의 끝은 더 깊은 산이었고, 지도 앱에서 봤던 공간은 식당이 아니라 새로운 건물을 올리기 위한 공사터였다. 난 여전히 후원이 어딘지 몰랐고 더군다나 후원이라는 곳과는 분명 더 멀어졌다.

시계를 봤다. 어느새 식사 시간이 끝날 때가 가까워졌다. 애초에 30분밖에 되지 않는 식사 시간이다. 나에게 남은 시간은 그리 많지 않았다. 마음이 조급해졌다. 여기에 24시간 편의점이 있는 것도 아니다. 이대로 있다간 식사 시간을 놓칠 게 분명했다. 발걸음이 경보 수준으로 빨라졌다. 축지법으로 산길을 헤치듯 그렇게 다시 해인사 방향으로 되돌아갔다.

그 순간. 예상치 못한 깨달음을 얻었다. 내 안에 두려움이 있었다. 오늘 저녁에 아무것도 먹지 못할 수 있다는 두려움. 지금 식사 시간을 놓칠 경우 어쩌면 내일 아침 식사 때까지 아무것도 먹지 못할 거라는 두려움. 설령 그렇다고 한들 당장 신상에 문제가 있는 것도 아니요, 조금 거리는 있지만 터미널이 있는 곳으로 내려가면 안 될 이유가 있는 것도 아니요. 식사 시간을 놓치는 게 나에게 엄청난 문제가 되는 건 아니었다. 그런데도 두려움을 느끼고 있다니.

그걸 아는 순간 나도 모르게 허탈한 웃음이 났다. 단지 두려움이 있다는 사실 때문은 아니었다.

해인사에 오며 그냥 모든 걸 내려두고 멍 때리고 있자고 했지만, 사실 한 가지 기대를 갖고 있었다. 무언가 깨달음을 얻지 않을까 하는 것이다. 인간의 내적 성장과 잠재력 개발에 관심이 많다. 자연스레 정신적 성장을 다루는 동서양의 각종 지식들도 탐구하기 시작했다. 이러한 관심은 명상이나 각종 수행법으로도 이어졌고 졸지에 템플스테이에 와서 누가 시키지도 않는 묵언수행까지 하게 되었다. 그런데 고작 저녁 식사 한 끼 놓치는 일이 두려워 마음이 혼란스러워진 것이다. 그토록 각종 고차원적인 지식들을 탐구하며 깨달음을 기대해놓고선 말이다.

내 안에 얼마나 많은 가식들을 안고 있었던가. 명상이니 수행이니 하지만 이보다 더 중요한 건 제때 먹는 밥 한 끼였다. 결국 고차원적인 깨달음보다는 당장 먹고사는 일에 더 민감했던 것이다. 난 속세에서 잘 먹고 잘 사는 것이 중요하다. 정신세계에 대한 지금의 탐구도 속세를 초탈하기 위함이 아니다. 속세에서 사람들과 더 행복하게 잘 살기 위함이다. 사람들의 성장을 돕는 내 일을 더 잘하기 위함이다. 이 사실을 인정하자 오히려 마음이 시원했다. 가식 따위 그냥 내던져버리고 일단 빨리 가서 저녁이나 잘 먹고 오자!

다행히도 아슬아슬하게 후원을 찾아내 템플스테이에서의 첫 식사를 마무리할 수 있었다. 밥을 급하게 욱여넣기는 했다만 그래도 배가 차니 마음까지 든든했다. 알고 보니 후원은 숙소에서 그리 멀지 않은 곳에 있었다. 거리상으로는 매우 가까우나 조금 돌아가야 했고, 내가 지나친 적도 있었으나 식당 입구가 반지하처럼 계단 아래에 있어 알아차리지도, 또 예상하지도 못했던 것뿐이다.

역시 극락은 그리 멀지 않은 곳에 있나 보다. 단지 우리가 찾지 못했을 뿐.

나의 기준으로 사는 연습

눈앞에 드넓은 광장이 펼쳐졌다. 광장 곳곳엔 고풍스러운 가로등과 분수대가 있었고, 저 멀리 높지는 않지만 장엄한 건물들이 보였다. 어떤 사람들은 선글라스를 낀 채 조용히 휴식을 취했고, 어떤 사람들은 들뜬 목소리로 일행과 이야기를 나누고 있었다. 전체는 여유 있으면서 각자는 바쁜 그런 광장 속에서, 지금의 풍경을 두 눈에 담음과 동시에 두 발은 한곳을 향해 분주히 움직였다. 바로 프랑스의 루브르 박물관이다.

프랑스야 워낙 볼 것이 많은 여행지로 알려져 있지 않은가. 어딜 가든 하나같이 멋진 곳들일 것이다, 그럼에도 난 루브르 박물관을 유난히 기대했다. 루브르 박물관은 영국의 대영 박물관, 바티칸시티의 바티칸 박물관과 함께 세계 3대 박물관으로 꼽히는 곳이다. 평소 예술 작품을 즐기는 편은 아니다. 하지만 세계적인 박물관에다, 교과서에서만 볼 수 있는 수많은 작품들을 한 번에 감상할 수 있는 시간이라면 이야기가 달라진다. '과연 어떤 곳일까. 여기서 나는 무엇을 느낄 수 있을까.' 설렘과 함께 그 유명한 유리 피라미드를 지나 박물관 안으로 들어갔다.

박물관 곳곳을 온몸으로 느끼고 와야겠다는 처음의 생각이 사라지는 데는 많은 시간이 필요하지 않았다. 곳곳을 온몸으로 느끼기에는 박물관이 너무 컸다. 하나하나 살펴보고 느끼려면 여기서만 며칠을 숙박해야 할 정도다. 알아보니 원래는 요새로 만들었던 건물을 16세기 중반, 왕국으로 재건축하며 규모가 커졌다고 한다. 이런 건물을 박물관으로 사용하고 있었으니, 게다가 무려 30만 점의 예술품을 담고 있었으니 하루 만에 곳곳을 다 살펴보려는 건 지나친 욕심일 수밖에 없었다.

먼저 다녀왔던 사람들이 말했다. 일단 제일 관심이 가는 작품 몇 개를 골라 위치부터 확인하라고. 그다음에 미리 동선을 짜고 나서 구경하라고. 그게 현명한 관람법이라고.

선택과 집중이 필요했다. 수많은 작품들 중 꼭 보고 싶은 것은 무엇인가. 루브르 박물관에 와서 이건 보고 왔다고 말할 작품은 무엇인가. 놓치고 간다면 후회할 작품은 무엇인가. 어렵지 않게 하나의 작품이 떠올랐다. 레오나르도 다빈치의 「모나리자」.

나뿐만 아니라 루브르 박물관을 찾는 대다수의 관람객들이 꼭 보고 싶어 하는 작품으로 「모나리자」를 손꼽을 것이다. 「모나리자」는 밀러의 「비너스」, 사모트라케의 「니케」와 더불어 루브르 박물관 3대 걸작이라 불린다.

궁금했다. '도대체 왜 이렇게 유명한 것일까. 세계적인 명화인 이유는 무엇일까. 미술 작품이 감동을 준다면 얼마나 감동을 줄 수 있을까. 신비로움을 품고 있다는 옅은 미소는 어떤 느낌을 줄까. 진짜로 눈썹이 없을까.' 그렇게 온갖 호기심을 안고 박물관 더욱 깊은 안쪽으로 향했다.

「모나리자」에 가까워졌음은 가이드의 안내 없이도 알 수 있었다. 저 멀리 유난히 많은 인파가 몰려 있는 곳이 있었다. 설명할 필요도 없이 이건 「모나리자」였다. 드디어 만났구나. 세계에서 가장 유명한 여인의 초상화를, 오죽하면 가수 조용필은 물론 수많은 사람들이 노래방에서 '정녕 그대는 나의 사랑을 받아 줄 수가 없나' 외치게 만들었던 그 모나리자를.

작품이 걸린 벽 한쪽을 아치형으로 둘러싼 대열을 양파 껍질 벗기듯 하나씩 하나씩 파고 들어갔다. 어느새 그녀와 나의 거리는 두 눈으로 옅은 미소를 식별할 수 있을 만큼 가까워졌다. 더 이상 허용하지 않는 거리까지 도달한 순간, 우리 둘 사이에 그 누구도 존재하지 않는 위치에 서는 순간, 나는 깨달았다. 지금 아무런 감흥도 느껴지지 않는다는걸.

'이게 뭐지?'

분명 작품이 잘못된 건 아니었다. 사진에서 봤던 그대로였다. 사진 속 인물은 진짜 눈썹이 없었고 묘한 미소를 띠는 듯했다. 그런데 그게 끝이었다. 식견이 부족해서든 미술 작품을 감상한 경험이 없어서든 어떤 이유에서든 내가 아무런 감흥을 느끼지 못하고 있다는 건 사실이었다. 인고 끝에 수많은 인파들 속에서 최고의 관람 위치를 선점했으나, 그 노력이 허무할 정도였다. 더 이상 그 자리에 서 있을 이유가 없었다. 다른 분들을 위해 선뜻 자리를 내주고 아치형 인파 밖으로 빠져나왔다.

그런데 밖으로 나오는 과정에서 인상 깊은 사실을 하나 발견했다. 나만 별 감흥이 없는 게 아니었다. 시선을 모나리자의 반대편으로 돌리자 이제는 모나리자를 감상하는 사람들의 얼굴이 내 눈에 들어왔다. 깊은 감동을 느끼는 사람도, 감탄의 목소리를 내는 사람도, 무아지경에 빠진 사람도 있었다. 반면 나와 똑같이 허무해하는 사람도, 혹은 감상은 뒤로하고 일단 사진 찍기 바쁜 사람도 있었다. 최고의 명작을 바로 앞에 둔 그 밀집된 공간 안에서도 이렇게 평가와 반응이 극명하게 갈리는 것이다.

모나리자는 분명 대단한 작품일 것이다. 하지만 이 날 더 큰 인상을 준 건 모나리자의 신비한 표정이 아니라 한 작품을 두고도 이렇게 다양하게 갈리는 사람들의 표정이었다. 인파 밖에서 각기 다른 사람들의 표정, 자세와 동작을 살펴보는 게 훨씬 흥미로웠다. 모나리자를 감상하기보다는 모나리자를 감상하는 사람들을 감상하느라 그 자리를 떠날 수 없었다.

이런 생각도 떠올랐다.

'도대체 내가 얼마나 안목이 없으면 이런 역사적인 걸작을 앞에 두고도 감상할 줄을 모르는 걸까.'

하지만 꼭 무언가를 느끼고 감동받아야 할까. 그게 아무리 대단한 작품이든, 수많은 사람들이 보려고 비행기까지 타는 작품이든 말이다. 아무런 느낌도 느끼지 못하면서 세계적인 명화라고 하기에 억지로 감동받는 척하는 건 위선이 아닐까. 아무런 느낌이 느끼지 못했음을 느끼는 것. 이게 진짜 솔직한 감상이 아닐까.

조금씩 내 기준으로 사는 연습을 하자. 남이 어떻든 설령 그게 전 세계적인 평가든 상관없이 내 주관과 선호를 가지자. 내가 루브르 박물관에 온 건 이 점을 배우기 위해서라 생각한다. 모나리자에 감동받은 척하기 위해서가 아니라.

야박했던 나에게 5성급 호텔을 선물한다

마음에 결핍이 많은 아이였다. 갖지 못한 것이 많다고 생각했다. 그렇기에 무언가를 모으려 했고, 내가 가진 것을 잃지 않기 위해 아끼고 감추고 보호하는 데 익숙했다. 마음이 인색했다. 그런데 인색함의 화살은 오히려 남보다도 나 자신을 향했다. 누군가 아무 대가 없이 주는 선물에도 '내가 받아도 되나' 라며 스스로의 자격을 의심했고, 충분히 즐기고 행복을 느낄 수 있는 상황에서도 '내가 이래도 되나' 라며 불안함을 느꼈다. 심지어 일종의 죄책감을 느끼기도 했다. 내 입으로 '행복하다' 라는 말을 쓰는데 수치심을 느꼈고, 이를 내려놓을 용기를 얻은 것도 민증이 나온 지 몇 년이 지나서다. '행복해' 라고 말한다고 '요놈, 걸려들었다' 라며 누가 잡아갈 것도 아닌데.

쌀쌀한 겨울 어느 날. 스스로에 대한 인색함을 과감히 깨야겠다는 생각이 들었다. 나에게 물질적인 풍요로움을 느끼게 해줌으로써 말이다. 기껏 회사 성과급을 받고도 몇 천원 더 비싼 가성비 낮은 치킨 시켜 먹는 것 말고, 합리적으로 기능적 가치를 따져가며 소비하는 것 말고. 평소라면 사치라고 생각했을 그런 것에 과감히 나를 노출시키기로 했다. 스스로에게 주는 선물이다. 다만 가급적이면 무언가를 소유하는 것보다는 경험하는 일이었으면 좋겠다. 뭐가 좋을까.

그때 떠오른 게 호텔이다. 정확히는 호텔과 바캉스를 합친 호캉스다. 여름휴가에도 바캉스를 떠난 적이 없었다. 이번에 호캉스를 한 번 즐겨 보는 거다. 당장 '잠은 집에서도 잘 수 있잖아? 가서 뭐해?' 라는 대뇌의 속삭임이 들렸다. 맞는 얘기지만 '한 번쯤 이런 짓도 괜찮잖아?' 라며 대뇌의 마이크 전원을 내렸다. 오늘은 잠시 이성보다 본능을 따르자.

'그런데 어딜 가지? 바다나 강 풍경이 보이는 5성급 호텔을 가자! 그게 어디지? 광나루에 있는 호텔! 좋아 가자!'

최고급 호텔을 떠올렸을 때 가장 먼저 생각난 게 W호텔이었다. 딱 한 번 여기서 디너 뷔페를 먹은 적이 있었는데 그동안 내가 경험했던 뷔페 음식과는 차원이 달랐기 때문이다. 이렇게 얘기를 하지만 사실 내가 아는 호텔 자체가 거의 없었고 호텔 디너 뷔페를 먹어본 것도 여기가 유일했다.

'그럼 언제 갈까. 오늘? 그래 가자!'

호텔을 떠올린 게 주말 오전이었다. 호텔 체크인 시간은 오후 3시. '지인과의 가벼운 약속도 최소한 하루 전에는 잡는데, 호캉스 예약을 당일 몇 시간 전에 한다고? 뭐 어때. 호텔이 오지 말라고 한 적은 없잖아.' 홈페이지를 가보니 오히려 광고 배너까지 써가며 내게 오라고 적극 손을 내밀고 있었다. 게다가 다양한 시설을 즐길 수 있는 겨울 패키지 상품도 있었다. 이름도 무려 '윈터 힐링.'

이거다 싶어 바로 선택 후 예약을 했다. 뭐, 시간상 예약보다는 현장 구매 같은 느낌이 들었지만. 어쨌든 그렇게 신청 후 곧바로 가벼운 짐을 챙겨 호텔로 향했다. 이 정도는 동네 마실 가듯 흔한 걸음이라 생각하며.

회사 출장이나 업무 등으로 호텔에 묵은 적이 있지만 내돈 내고 이렇게 호텔을 찾아온 건 처음이었다. 동네 마실인척 하려던 내 첫 의도와 달리, 호텔 입구를 들어가면서부터 묘한 설렘을 느꼈다. 내가 호텔을 오다니! 그것도 숙박하러오다니! 대학 입학으로 홀로 서울로 올라올 때 농담 삼아 이런 이야기를 들었다. "서울 가면 고층 건물들 사이에서 이것

저것 신기하듯 쳐다보지 마. 촌사람인 줄 바로 알고 코 베어 간다?" 그런데 괜히 그걸 의식해서 경직돼 있을수록 오히려 더 표시가 난다. 그냥 자연스럽게 행동하는 게 제일 낫다. 나는 최대한 자연스럽게, 자연스러움을 의식한 것 자체가 부자연스러움의 표현이지만, 어쨌든 자연스럽게 걸어가 입실 수속을 마쳤다. 혼자 오셨냐는 말에 비즈니스 차 혼자 왔다며 괜한 사유를 떠들 뻔했지만, 그냥 평소 자주 그랬다는 듯이 혼자 왔다고 간단히 말했다. 2인 패키지 상품이라 어차피 돈 낸 거 지인 한 명 부를까도 생각했다. 연인이 없는 관계로 내가 부를 수 있는 건 온통 남자들. 내 고정관념과 틀을 깨고 싶었지만 아직 남정네 둘이 같은 방에서 호캉스를, 그것도 윈터 힐링을 즐기는 걸 스스로 허용할 수는 없었다. 침대도 분리된 '트윈'이 아니라 '더블'이었으니까. 결코 한 이불을 허용할 수 없다.

호텔에서의 1박 2일은 뜻깊었다. 뽀송뽀송한 새하얀 이불을 걷고 일어나면 곧바로 한강 경치가 보였다. 높은 천장과 통유리를 가진 전용 라운지에서는 커피 한 잔과 다과를 가져다 놓고 책 한 권을 여유롭게 즐길 수 있었다. 저녁엔 탁트인 야경을 바라보며 샐러드바를 즐겼고, 한 겨울에 야외

족욕을 하며 맛있게 먹은 음식들을 소화시켰다. 이름에 '宿(잘 숙)'을 안고 있는 숙박업체의 본연적 기능과 달리 새벽 일찍 일어나 바로 룸을 나섰다. 새벽 사우나를 즐기고 싶어서다. 드라마에서 본 것처럼 마치 기업 회장님이라도 된 듯 반신욕을 하며 조간신문 하나 정도 볼까 했지만, 굳이 습도 높은 곳에 종이 들고 가서 뭐 하리. 다 젖는데. 마치 성공한 사업가라도 된 듯한 여유 있는 자세로 온탕을 즐기며, 국내외 정세를 고심하는 것처럼 사색에 잠겼다. 지금의 경험을 충분히 만끽하리.

그렇게 1박 2일간의 호캉스를 마음껏 즐기고 호텔 문을 나섰다. 다시 동네로 돌아오며 든 생각은 '이게 뭐라고 그동안 나와는 거리가 먼 일이라 생각했을까' 였다.

예전 회사엔 임직원에게 제공하는 휴양 시설 혜택이 있었다. 그룹사가 운영하는 호텔도 있었고, 회사가 휴양지의 각종 콘도, 리조트, 호텔 등과 제휴를 맺기도 했다. 회사 동료들은 종종 이를 이용해 휴양을 즐겼다.

그런데 난 쳐다도 보지 않았다. 그냥 나와는 거리가 먼 일이라 생각했기 때문이다. 그런 휴양, 혜택을 누리는 게 익숙하지 않았다. 기껏 해봐야 임직원 모두에게 각각 제공되는 복지 포인트로 책이나 생필품을 구입하는 정도였다. 굳이 무리해서 탕진할 필요는 없겠지만, 난 굳이 있는 혜택조차 누리지 못한 것이다.

표면적으로는 호텔 1박 2일의 얘기일 뿐이지만 이건 내가 삶을 대하는 방식을 나타냈다. 스스로에게 충족보다는 결핍을, 베풂보다는 인색을, 풍요보다는 자린고비를 선사했다. 욕구와 소망을 따르기보다는 억제와 단념에 익숙했다. 이 방식에 근본적인 변화를 주지 않는다면 과연 삶에 얼마나 큰 변화가 있을까.

단순히 돈을 펑펑 쓰자는 게 아니다. 그 이면에 담긴 의식을 돌아보자는 것이다. 설령 당장 통장은 가난할지언정 마음은 풍요로울 수 있다. 그 시작은 자신을 대하는 태도에 있다. 스스로에게 너무 인색해지지 말자. 절제와 절약을 하되 자신에 대한 사랑 안에서 하자. 내가 나를 대하는 태도만큼 결국 세상도 나를 대하게 될 것이다.

> 앞으로도 너의 인생 가득가득 좋은 일이 있기를.
> 밤하늘에 총총한 별처럼, 아침 햇살처럼, 예쁜 폭포수처럼
> 풍요롭게 쏟아지기를.
>
> — 요시모토 바나나, 《사우스포인트의 연인》 중

혼자 구워 먹는 고기에도 당당할 것

혼자 밥 먹기에도 수준이 있단다. 이름하여 혼밥 레벨이다.

레벨 1 : 편의점에서 밥 먹기

레벨 2 : 학생식당에서 밥 먹기

레벨 3 : 패스트푸드점에서 세트 먹기

레벨 4 : 분식집에서 밥 먹기

레벨 5 : 중국집, 냉면집 등 일반음식점

레벨 6 : 맛집에서 밥 먹기

레벨 7 : 패밀리 레스토랑에서 먹기

레벨 8 : 고깃집, 횟집에서 먹기

레벨 9 : 술집에서 술 혼자 먹기

나는 과연 몇 레벨일까. 편의점에서 밥 먹기가 제일 무난

한 레벨이다. 난이도의 기준은 '얼마나 남의 눈치가 보이고 민망한가'일 것이다. 1인 가구의 증가량과 혼자 밥 먹는 행위의 떳떳함은 아직 비례하지 않는다. 홀로 밥 먹는 사람들이 많지만, 여전히 혼자 밥 먹는 행위에 대한 편견에서 자유롭지 못하다. 혼자 밥 먹는 타인에 대한 편견은 물론 혼자 밥 먹는 자신에 대한 편견이 복합적으로 작용한다.

우리는 얼마나 많이 남의 눈치를 보는가. 혼자서 밥을 먹는 행위가 법적으로 잘못되었는가, 양심에 위배되는 행위인가, '하늘을 우러러 한 점 부끄럼 없기를'의 태도가 과연 혼밥에 적용되어야 하는가.

'그래. 이 편견을 깨야 한다. 남의 눈치를 당당히 극복해내야 한다. 혼밥 레벨은 단순히 혼자 밥 먹는 사람들의 성장 과제가 아니라 당당한 삶의 태도를 연마할 수 있는 상징성 있는 통과 의례다.'

그렇게 난 혼밥 레벨에 도전하겠다는 뜬금없는 결심을 했다. 이왕 할 거면 끝판왕으로.

대중의 의견을 살펴보니 각자 사정에 따라 레벨 순위가 달랐다. 누군가는 학생식당에서 밥 먹는 게 고레벨이라 말했고, 누군가는 패밀리 레스토랑이 제일 힘들다고 했다. 그렇다. 통계는 사회적 현상을 설명해 줄 수는 있어도 개별적 상황을 온전히 설명해 주지 못한다. 어디까지나 확률이다. 내게도 레벨의 조정이 필요했다. 술집에서 술 혼자 먹는 이의 모습은 의외로 많이 봤다. 자그마한 잔에 투명한 소주를 붓는 누군가의 아버지 모습이다. 그렇게라도 마실 수밖에 없는 이의 상황이 어렵지, 홀로 마시는 술 자체가 레벨 9일 만큼 어려워 보이진 않았다. 내가 아직까지 본 적이 없고 제일 낯설며 가장 꺼림칙한 건 무엇일까. 그건 레벨 8. '고깃집에서 먹기' 다.

곧바로 나의 이성이 반기를 들었다. 뭐 하는 짓이냐는 거다. 굳이 고깃집에서 혼자 고기를 구워 먹어야만 하는 역사적 당위성 따위는 단 하나도 없지 않은가. 과연 무엇이 옳단 말인가. '죽느냐 사느냐' 만큼의 문제는 아니겠지만 과연 '먹느냐 마느냐' 로 이렇게 고민할 가치가 있는 것인가. 스스로에게 물었다.

A 변화하고 싶은가.
B 그렇다. 변화를 원한다.
A 고기에 대한 마음은 진심인가.
B 내 생애, 고기에 대한 마음이 진심이지 않았던 적은 없다.

A 나의 행위가 사장님께 피해를 주는가. 네가 당해서 싫은
     일은 남에게도 하지 말라는 황금률에 어긋나는가.

B 아니다. 정상적인 매출만 일으킨다면 문제가 될 게 없다.

A,B 그럼 고!

    이왕 이렇게 된 거 동네 구석탱이에서 혼자 몰래 도전하고 조용히 사라지고 싶지 않았다. 당당히 번화가로 가자. 내가 아는 가장 큰 번화가는 어디인가. 역시 24시간 사람들로 가득 찬 '강남'이다. 그래. 혼밥 끝판왕을 번화가의 중심에서 깨는 것이다. 2층은 안 된다. 꼭 1층 고깃집이어야 한다. 길을 걷다 커다란 고깃집 하나를 발견했다. 당당히 문을 열고 들어갔다.

사장님 몇 분이세요?

나   한 명이요.

사장님 여기 앉으세요

나   저기 중앙에 앉으면 안 되나요.

    세상의 중심에서 사랑을 외치진 못해도 고깃집 중심에서 당당히 고기를 섭취하겠다는 의지를 표했다. 동네 구석탱이

가 아니라 당당히 번화가의 중심 강남에 왔듯, 고깃집 안에서도 당당히 중앙에 자리 잡고 싶었다. 구석에 몰래 앉아 소심한 성공을 누리고 싶지 않았다. 고기를 주문했다. 내 도전이 누군가에게 피해를 줘선 안 된다. 불판도 갈아야 하는 수고와 사장님의 기회비용을 고려해 메뉴를 선택했다. "세트 하나 주세요." 2인분 고기다.

고깃집에 오며 또 하나 자신과의 약속을 했다. 스마트폰을 보지 않겠다는 것이다. 스마트폰에 문제가 있는 게 아니다. 스마트폰을 향해 내 몸을 움츠리고 시선을 고정시키는 태도를 피하기 위해서다. 고개를 들라. 어깨를 펴라. 마음껏 고깃집 내외부를 둘러보라. 그렇게 당당하라. 내 입으로 들어가는 고기 한 점 한 점에 부끄러워 말라.

스마트폰을 안 보니 대신 새로운 문제가 발생했다. 심심하다는 것이다. 특히 메뉴가 나오길, 고기가 익길, 저작 운동을 마친 고기가 위장에 잘 안착되길 기다리는 시간이 너무 심심했다.

'그래? 그럼 뭐 하고 싶어? 평소 이렇게 시간이 빌 때 뭐해?'

책이다. 내 가방엔 책이 있다. 평소 지하철을 오가거나 시간이 빌 때 책을 읽는다. 책을 꺼냈다. 북맥이라고 책과 맥주의 콜라보를 향유하는 문화는 살짝 있었지만 아직 고깃집에서 독서한다는 이야기는 듣지 못했다. 혹시나 선구자가 계셨다면 내 좁은 견문을 사과드린다. 그렇게 한 손엔 책을, 한 손엔 젓가락을 들고 위장과 마음의 양식 모두를 즐겼다.

어느새 불판 위의 고기도 몇 점이 남지 않았다. 그렇게 줄어드는 고기를 바라볼수록 나의 승리감은 커졌다. 하지만 고기 한 점 한 점이 차곡차곡 쌓아가는 포인트였다면 경기를 결정짓는 마무리 한 방은 다른 곳에 있었다.

"사장님, 여기 물냉 하나 부탁드립니다."

옆 테이블의 대화가 잠시 중단되었다. 일정 시간 침묵이 이어졌고 다시 재개된 대화의 소리는 전과 달리 소곤소곤이었다. 여기서 물냉을 오해해선 안 된다. 이 주문은 고기가 부족했음에 대한 저항이 아니다. 단백질에 이어 탄수화물도 균형 있게 섭취하겠다는 영양학적 판단도 아니다. 혼자 왔음에 대한 미안함도 당연 아니다. 이미 배가 어느 정도 찼음에도 불구하고 물냉을 시킨 건, 남의 시선에 굴하지 않고 당당히 내 뜻을 펼치겠다는 자신감의 발로다.

기분 좋게 냉면까지 섭취한 뒤, 계산대로 향하며 물었다.

나　　사장님, 혹시 혼자 오는 사람들이 있나요?

사장님　그럼요, 있지요.

이럴 수가. 이미 앞서간 용자들이 있었다. 혼자서 고기를 먹겠다는 욕구는 나만 갖고 있는 게 아니었고, 그걸 실천으로 옮긴 것도 나만이 아니었다. 단지 사회 전체로 봤을 때 소수였을 뿐, 그렇다고 나 혼자만의 돌출된 행위는 결코 아니었던 것이다. 그러니 두려워 말라. 남의 시선에 휘둘리지 말라. 세상엔 이미 동지들이 있다. 나만 세상의 굴레에서 튀어나온 게 아니다.

"사장님 번창하세요"

자신과의 경기에서 승리한 자는 남에게도 여유롭다. 인생은 남과의 싸움이 아니라 자신과의 싸움이다. 나아가 자신과도 싸우기보다는 협력하는 관계로 발전해야 한다. 그럴 때 우린 더욱 마음의 여유를 얻을 수 있다. 홀로 온 나, 아니 이미 홀로 왔었던 수많은 선배들에게 맛있는 고기를 제공해준 사장님의 번창을 기원하며 그렇게 고깃집 문을 닫고 나왔다. 나는 한층 더 성장했다.

제멋대로 나를 정의하는 사람들 속에서

'이미 어두워졌구나.'

다른 팀에는 빈자리가 많았다. 저녁을 먹으러 갔거나 퇴근을 했을 테다. 우리도 슬슬 저녁을 먹으러 가야 되지 않을까 싶을 때쯤 옆자리 후배가 전화를 받았다. 몇 마디 말을 하더니 휴대폰을 들고 자리에서 일어났다. 360도 사무실 안을 훑었다. 딱히 대수로운 행동은 아니다. 전화할 때 꼭 사무실 책상에 머리 박고 할 필요는 없으니까.

그런데 어딘가 모르게 후배의 표정과 자세에서 당혹스러움이 느껴졌다. 분명 입모양은 웃고는 있는데 어딘가 불편한 게 분명했다. 도대체 무슨 일일까. 빚 독촉을 받을 사람은 아니다. 후배의 통화에 귀를 기울였다. 전화 건너편으로 한 명씩 한 명씩 사람의 이름을 부르고 있었다.

응? 전부 팀원 이름이었다. 그것도 하나같이 사무실 안에 있는 팀원들의 이름. 무슨 일일까. 혹시 아직 사무실에 남아 있는 사람들을 위해 누가 선물이라도 가져오는 걸까. 숫자를 맞추기 위해 인원 파악을 하는 것이다. 아니면 설마... 먼저 퇴근한 사람을 잡아내기 위한 누군가의 지시일까. 남아 있는 사람의 이름을 알면 반대로 사무실에 없는 사람을 추적할 수 있지 않은가.

이내 불편한 통화를 마친 후배가 내게 말했다.

"선배님, 긴급 회식인데요."

이상했다. 회식 자체가 이상한 건 아니었다. 저녁 식사하러 갔다가 식사에 반주가 이어지고, 반주가 성대한 회식으로 이어져도 어색하지 않을 만큼 종종 즉흥적인 회식이 있었다. 워낙 회식이 많았던 터라 회식이 열린다는 사실 자체는 놀라울 게 아니었다. 단지 한숨이 나왔을 뿐이지.

내가 이상했던 건 후배가 긴급 회식을 알리는 대상이었다. 남아있는 팀원 전부가 아니라 몇 명만 골라서 얘기를 하는 게 아닌가. 알고 보니 팀 전체 회식이 아니었다. 사무실에 남아 있는 몇 명만 회식 멤버로 소환됐다. 안타깝게도 나 역시 그중 한 명이었다.

도대체 기준이 뭘까. 어떤 이유로 이 멤버만 소환된 걸까.

나와 소환된 멤버들의 공통점은 무엇인가. 남아있는 다른 멤버들과의 차이점은 무엇인가. 내가 가진 최대한의 능력을 이용해 논리적이고 분석적인 사고를 펼쳤으나 도저히 명확한 답을 찾아낼 수 없었다. 모든 걸 내려놓고 짐을 싸던 중 지나가던 선배가 웃으며 던진 말에 나는 충격을 받았다.

"너도 그렇고, 딱 술 멤버만 뽑혔네."

"네? 제가요?"

영화나 드라마에서 자주 본 장면이 있다. 연인과 이별하든 시험에서 떨어지든 회사가 부도 나든, 주인공이 삶에서 큰 좌절을 겪고선 절망에 빠진다. 아픔을 견디기 어려워서일까. 술을 찾는다. 술기운에 몸은 비틀거리지만 술기운을 이용해 그동안 억눌러온 감정을 마구 털어놓는다. 그리고 조금씩 마음의 안정을 찾는다.

궁금했다. 힘든 일이 있을 때 이렇게 술의 힘을 빌리며 진짜 도움이 될까. 온갖 작품에서 반복해서 나오는 클리셰인 만큼 어느 정도 효과는 있다는 말 아닐까. 대학생 시절, 마음이 힘들어 술기운을 빌려보려던 적이 있다. 맑은 빛의 술 한 잔이 식도를 넘어가는 순간 곧바로 느꼈다.

'이건 아니구나.'

물론 누군가에게는 소량의 알코올이 마음을 이완하는 데 도움이 될 수 있다. 하지만 나에게는 아니었다. '이 돈으로 차라리 식혜 사 먹는 게 낫겠다', '그냥 조금 더 돈 모아서 치킨을 사 먹을까' 가 당시 내게 떠오르는 솔직한 생각이었다. 술은 나와 궁합이 맞지 않았고, 잔뜩 취할 정도로 마실 만큼의 술맛을 나는 알지 못했다. 술이 달다는 표현을 경험한 적이 있지만, 그건 진짜 술이 달게 느껴져서가 아니라 평소보다 덜 고통스러워서다. 음주로 인해 느껴지는 속 쓰림과 메스꺼움은 술을 무료로 준다고 해도 거부하고픈 경험이었다. 그런데 그걸 돈까지 내가며 경험해야 한다니. 내키지 않는 일이다.

이런 내가 어쩌다 술 멤버에 포함되어 있는 걸까. 입사 후 회식하고 싶다고 얘기한 적이, 술을 잘 먹고 좋아한다고 얘기한 적이 단 한 번도 없는 데 말이다. 놀라는 나에게 건넨 선배의 말은 나를 더 놀라게 했다.

"너 술 잘 먹잖아."

회식 때마다 혼자 주문을 외웠다. '정신 차리자. 정신 차리자. 정신 차리자.' 머리가 어지럽고 속이 뒤집혀도 반드시 정신은 차리자고 주문했다. 흐트러진 모습을, 스스로 가누지 못하는 모습을 보이고 싶지 않았다. 아니 왜 즐거워야 하는 회식 자리에서 혼자 이렇게 정신 수련을 하고 있어야 하는지는 모르겠지만 어쨌든 그랬다.

그 주문이 조금은 통했나 보다. 밖으로 나가 몇 번씩 속을 게워내면서도 정신은 바짝 차릴 수 있었다. 덕분에 정신을 잃고 집을 못 찾아간 적은 없다. 그런데 여기서 오해가 시작됐다. 내 몸은 술기운에 고통을 겪고 있는데 남들은 내가 아무렇지도 않다고 여기는 것이다. 겉으로 봤을 때 딱히 문제가 없어 보이니까. 어쨌든 똑바로 걷고 말하고 있으니까. 버틴 거든 아닌 거든 상관없이 일단 괜찮아 보이니까.

사회생활에서 포커페이스가 정답이라 생각했다. 괜찮지 않아도 괜찮아 보이고 혼란스러워도 평온해 보이기 위해 노력했다. 진짜 속내는 그렇지 않았기에 감정을 억제하고 가면을 쓰는 법을 익혔다. 덕분에 웃어른들에게 칭찬을 받을 때도, 사회적으로 인정을 받을 때도 있었다. 대신 부작용이 있었다. 사람들이 내가 쓰고 있는 가면을 내 진짜 모습인 줄 아는 것이다. 심지어 억지로 만들어낸 모습이 내 정체성이 돼버리기도 했다. 지금처럼 말이다.

무작정 참는 것만이 정답일까. 괜찮지 않은 마음을 꽁꽁 싸매고 그 위에 멋들어진 무늬로 포장하는 게 맞는 걸까. 아닌 척한다고 진실이 달라지는 게 아닌 데 말이다.

어김없이 술자리가 열렸던 어느 날. 내가 술 멤버에 포함돼 있다는 걸 알려줬던 선배가 이야기했다. "얘 술 잘 마시는지 알았는데 아니었네?" 긴급 회식으로 당황했던 날 이후 꼬박 1년이 지나서다. 드디어 오해에서 벗어난 것이다.

선입견이라는 게 무섭다. 한 번 구축된 선입견에서 벗어나기 위해서는 오랜 시간과 노력이 필요하다. 설령 그 선입견이 거짓일지라도 말이다. 그러니 자신을 속이지 말자. 자신의 정체성을 남들을 위해 억지로 맞추지 말자. 진실을 왜곡한 아픔은 결국 내가 부담해야 한다.

배려라는 이름의 호구는 이제 그만

퇴근 후 오랜만에 전 직장 동기들과 만났다. 늦은 밤이었지만 헤어짐이 아쉬워 가볍게 맥주 한 잔 더 하기 위해 자리를 옮기고 있었다. 주머니에 진동이 울렸다. 메신저 알람이다.

'누구지. 이 시간에 딱히 연락이 올 일이 없는데.'

강연 중개 업체의 담당자였다. 3개월 전쯤 외부 강연이 있었다. 내용을 보니, 비용 지급을 위한 서류를 제출해달라고 했다. 그 메시지는 순간적으로 내 혈압을 상승시켰다. 단순히 늦은 시간의 연락 때문이 아니었다.

강연을 나가면 행사 진행과 강사료 지급을 위해 몇 가지 서류 절차를 거친다. 보통 주최 측에서 강사에게 미리 업무에 필요한 서류의 목록을 알려준다. 성격에 따라 사후에 제출해야 할 서류가 있을 때도 있지만 그건 소수다. 서류의 종류가 다양해도, 대부분 행사 전후 한 번씩 서류를 제출하는 것으로 모든 업무는 끝이 난다. 당연히 서로의 편의를 위해 최대한 묶어서 처리한다.

이번 강연은 상황이 달랐다. 중개 업체에서 이미 다섯 차례에 걸쳐 서류를 요청했었다. 대국민적 게임 가위바위보도 삼세판이라며 세 번을 얘기하는 데 이를 훌쩍 넘는 다섯 번이라니. 덕분에 했던 작업을 다시 해야 될 때도 있었고, 갑작스러운 요청에 쉬러 간 곳에서 부랴부랴 서류를 만들기도 했다. 강연장에 가니 사전에 얘기했던 것과 환경이 달랐고, 담당자도 없어 내가 문제를 해결해야 했다.

그런데 강사료가 지급되고도 남았을 3개월이 지나, 다시 서류를 달라고 요청하다니. 내용을 보니 중개 업체 담당자가 마음만 먹는다면 지금껏 내가 그토록 보냈던 자료들을 바탕으로 스스로 작성할 수도 있는 서류였다. 중개 수수료를 가져가는 입장에서 최소한 이 정도의 업무는 할 수 있지 않을까. 그러면서도 미안하다는 빈말 한마디조차 없이 매번 당연하다는 듯 긴급 업무를 통보했다. 강연을 연결해 준 건 고맙지만 기분이 상하는 것도 사실이었다.

가급적 '좋은 게 좋은 거다' 라는 마음으로 업무를 하고 싶었다. 나에겐 "싫어요" 보다는 "넵!" 이 편했다. 너무 딱딱하게 여겨질까 물결표를 붙여 "넵~"을 사용했고, 이마저 정 없어 보일까 눈 웃음(^^)까지 더해 완성체를 만들었다.

"넵~^^"

실제론 무표정으로 타이핑하면서도 말이다. 웬만하면 '사정이 있겠지' 라며 상대방의 요청을 받아들였다. 사랑이 넘치는 성인군자여서가 아니라 내가 상처받기 싫은 만큼 남에게도 상처를 주기 싫어서다.

아니, 어쩌면 이것도 '배려'를 가장한 핑계일지 모른다. 진짜 속내는 미움받을 용기가 없어서는 아니었을까. 그럴 용기가 없었기에 충분히 내 의사를 표시할 상황에서도 '배려' 라는 이름으로 스스로 '호구'를 선택한 건 아니었을까.

'좋은 게 좋은 거다' 라는 마음은 관계를 부드럽게 만든다. 하지만 부드러운 게 꼭 건강한 건 아니다. 좋지 않은 걸 한 두 번은 좋은 거라고 포장할 수 있다. 그게 쌓이면 웃는 가면 속에 화가 쌓이고, 그 화는 결국 언젠가 다른 방식으로 삐져나온다. 겉은 부드러운 솜 이불로 덮여 있어도 안에는 푸른 곰팡이가 핀다. 곰팡이도 부드럽긴 부드럽다.

상대와의 관계도 오래갈 수 없다. 마음속 상처가 풀리지 않아서다. 하지만 상대는 모른다. 말을 안 했으니까. 말은 안 해도 알아줄 만한 사람이라면 애초에 이런 상처가 생길 일도 없다. 그러다 뒤늦게 잔뜩 쌓인 상처를 줄줄이 나열하면 상대는 의아해한다. '얘가 왜 이래. 평소엔 한 마디도 안 하더니.' 그렇게 서로가 서로로 인해 더 큰 상처를 받는다. 끝까지 서로를 이해하지 못한 채.

오랜만에 동기들을 만난 기분 좋은 시간에 불편한 이야기를 하는 게 좋을까. 시원하게 목을 넘길 맥주 한 잔을 생각하기도 모자랄 판에 이런 고민을 하고 있다니.

'괜히 말했다가 기분 상하기는 싫고, 그런데 또 그냥 넘어가는 건 찜찜하고.'

고민 끝에 결국 전화를 걸었다. 다섯 차례 서류를 보냈을 때 이미 '이건 아닌데' 싶으면서도 좋은 게 좋은 거라며 '넵'을 외치며 넘어갔다. 어쩌면 그때 내가 짚고 넘어가야 할 상황을 계속 회피했기에 다시 밀린 숙제처럼 비슷한 상황이 반복되는 건 아닐까.

담당자에게 반복된 서류 요청에 대한 답답함을 이야기했다. 대신, 할 말은 하되 예의는 지키는걸, 상대방의 의도가 아닌 내 상황을 이야기하는걸, 사실과 의견을 구분하고, 상대로 인해 얻은 좋은 기회에는 분명히 감사함을 표현하는걸, 결국엔 할 일 잘 하자는 게 내 의도임을 공유하는 걸 계속 상기했다. 전화를 걸기 전에 이 생각을 정리하느라 무슨 맥주를 먹을지 상상하지 못했다. 모든 음식은 먹기 전에 상상하는 맛도 있는 데 말이다.

상대는 몰랐다는 반응이었지만 어쨌든 내 의사 표현은 확실히 전했다. 이야기를 잘 마치고 나서 작은 긴장이 풀렸다. 그리고 스스로에게 한 마디 했다. "나이스!" 한 번쯤 그럴 때 있지 않은가. 내가 한 일이지만 참 잘했다고 여겨지는 일. 부끄러운 마음에 이불 걷어차지 않고 포근한 솜이불 살짝 덮어주며 칭찬해 주고 싶은 그런 일.

계속 혼자 꿍하게 있으면서 착한 아이인 척하는 것보다는 차라리 해야 할 말은 하는 게 맞다고 본다. 아니면 꿍하질 말던가! 한두 번이야 배려라는 핑계로 혼자 삭일 수 있겠지만 그게 습관이 되면 그냥 호구다. 그러다 뒤늦게 세상은 나를 배려하지 않는다며 잔뜩 쌓인 피해의식에 주위를 더욱 힘들게 한다. 할 말은 하자. 중요한 건 할 말을 얼마나 참는지가 아니라, 할 말을 할 때 어떤 태도를 취하는지다.

스스로 자신의 가능성을 허용할 것

진로와 관련된 질문을 받았다.

"지금의 직업을 갖기 위해 어린 시절을 어떻게 보내셨나요?"

지금이야 이렇게 신나게 글을 쓰다가, 지치면 책을 읽으며 휴식을 취하고 있다. 하지만 어릴 적, 내가 작가가 되리라고는 상상도 못했다. 문학, 글쓰기 등은 기피의 대상이었고 대학도 항상 공대를 가야 한다는 생각이 깊이 박혀 있었다. 그러다 결국 공대를 갔고 제조업 회사에서 작가와는 딱히 연결고리가 보이지 않는 일을 했다. 작가는 김훈, 박완서, 베르나르 베르베르 같은 분이나, 어느 한 분야의 최고 정점을 찍은 유명 인사만 될 수 있을 거라 생각했다. '내가 글을 쓴다고?', '내가 작가가 된다고?'는 나도 친구도 가족도 딱히 생각해 보질 못했다. 그럴 기미도 보이지 않고 그럴 가능성도 보지 않았고 주위에서 작가라는 존재를 실제로 본 적도 없었다.

신나게 책에 빠져들기를 몇 년이 지나서야 '나도 작가가 될 수 있을까?' 라는 가능성을 생각할 수 있었다. 허나 자동반사로 '내가 어찌 감히' 라는 대답이 나왔다. 누가 말하기도 전에 스스로 가능성을 차단했다. 내 사고 자체가 유연하지 못한 것도 있었고, 괜히 주변에 이야기하면 사람들이 이상한 눈초리로 바라보지 않을까 하는 두려움도 있었다.

항상 있던 그대로, 살아왔던 그대로 흘러가는 게 내 삶의 기본값이었다. 새로운 변화와 도전, 근거 없는 끌림과 직관은 곧 위험이었다. 튀면 안 돼, 모나지 말아야 해, 일을 벌이지 마, 욕심이야, 그냥 주어진 대로 살아... 그렇게 억제와 인내의 화신이 되었다. 테두리 안에서 살며 모범생이라고 칭찬 받았지만, 나는 나를 결코 칭찬할 수 없었다. 급우에게는 모범이 될지 몰라도 나에게는 모범이 될 수 없었으니까.

하지만 언제까지 내 삶을 억누를 수는 없었다. 무언가를 덮어둔다고 그게 없는 게 아니다. 계속 책을 쓰는 일에 대한 아쉬움이 남았다. 그러기를 몇 년. 이렇게 사는 게 나다운 삶은 아니라는 생각이 들었다. 아직까지 '작가'라는 타이틀은 너무 부담스러웠다. 어릴 적부터 쌓인 수 십 년의 고정관념은 너무 단단했다.

허나 이성적으로 따져 봐도 내가 작가가 되지 말라고 대한민국 헌법에 정해져 있는 것도 아니고, '이태화'가 '작가 이태화'로 불리는 게 양심에 위배되는 일인 것도 아니었다. 그런데 도대체 뭐가 문제라는 말인가!

글을 썼다. 그전에도 소셜미디어에 글을 끄적였지만, 이제는 책을 쓰기 위해 글을 썼다. 쉬운 일은 아니었지만 그렇다고 못할 일은 아니었다. 시간은 부족했지만 그렇게 생각하면 내가 할 수 있는 건 아무것도 없었다. 기획서를 작성하고 원고를 묶어 출판사에 투고했다. 무응답이 대부분이었고 그나마 오는 소수의 회신은 '아쉽게도...'로 시작했다. 기획서와 원고를 수정했다. 주위에 조언을 구했다. 다시 투고했다. 이 과정을 반복했다.

그렇게 직장인의 삶을 살며 작가의 삶에 한 발짝을 내디뎠다. 미약하고 어설프고 작은 발걸음이었다. 하지만 지금은 그 작은 발걸음을 쌓아 몇 권의 책을 낸 사람이 되었다. 그러고도 또 다른 책들을 기획한다. 살면서 책장 하나를 내 책

100권으로 채워보면 어떨까 상상한다. 휘청이며 불안하게 한 발짝 내디뎠던 상황에서 그래도 이제는 제 몸 가누고 걸어 다닐 정도로 성장했다.

"네가 이걸 한다고?"
"네가 이게 된다고?"

이제는 이렇게 답을 한다.
"왜? 뭐 문제 있어?"

다른 사람이 나에게 불가능을 가능케하라는 방식의 삶을 강요할 수는 없다. 하지만 끌림이 있는 일을 나 스스로 불가능이라고 미리 단정할 이유도 없다. 그것이 나의 끌림이라면 내 고정 관념과 타인의 시선에 휘둘리지 말고 일단 하는 거다. 내 마음의 외침에 따라 움직이는 거다. 했는데 안되면 어떡하지? 했는데 안되면 어쩔 수 없다. 그건 내 몫이 아닌 거다. 다만 해보지도 않고 안 된다고만 여기는 건 안 된다. 세상이 허용해 주기를 기다리지 말고 먼저 스스로 자신의 가능성을 허용하자. 스스로를 허용하지 않는 사람을 세상이 먼저 허용해 줄 리 있겠는가.

3 장

용기내기 :
해보자,
안 되면 말고

후회하지 않는 삶을 사는 방법

초등학생 시절, 몇 차례 태권도 대회에 나갔다. 나보다 1~2살 나이가 많은 형들과 시합을 붙어 이기고는 했다. 어른 입장에서야 저학년이든 고학년이든 도토리 키재기일지 몰라도 당시 나에게는 놀라운 일이었다. 한 학년 위만 해도 엄청난 어른으로 느껴지던 때가 아닌가. 사람은 그때그때 각자의 심오한 세계를 살아간다. 그게 영유아든 초등학생이든 중고등학생이든 어른이든 마찬가지다. 지나고 나서야 '그게 무슨 의미가 있나' 싶은 것들도 그때는 의미가 있다. 반짝이며 소리 나는 운동화든 합체가 가능한 3단 변신 로봇이든 어린이용 드레스든 어느 하나 무시할 수 없는 이유다.

나보다 큰 형들이었기에 신중한 스타일로 경기에 임했다. 상대방의 움직임을 보며 자주 사용하는 패턴을 파악했다. 내 움직임에 상대방이 어떤 움직임을 보이면 난 어떻게 대응해야겠다는 시나리오를 그렸다. 나보다 힘이 좋고 실력자라면 내 장기인 스피드를 바탕으로 빈틈을 노렸다. 초등학생 치고는 괜찮은 전략이었다. 항상 성공하지는 못했지만 그래도 몇 개의 메달은 땄다.

승부라는 건 참 고달픈 일이다. 비록 어린이들의 아웅다웅이었을지언정 승리는 뿌듯함과 기쁨을 가져다주었다. 반면 그렇게 전략을 세웠음에도 패배할 수밖에 없었을 땐 슬픔과 좌절감이 느껴졌다. 이기지 못했음에 분함이 몰려왔다.

그런데 이기기도 찜찜하고 지고도 시원할 때가 있었다. 이상한 감정이었다. 승패라는 결과가 내 감정에 영향을 주는 것은 분명했다. 다만 단순히 승패가 전부는 아니었던 것이다. 그 이상한 감정을 결정짓는 기준은 따로 있었다. '내가 할 수 있는 걸 다했는지 안 했는지'였다.

비록 졌을지라도 내가 해볼 수 있는 최선을 다했을 땐 패배는 아쉬워도 묘한 시원함이 있었다. 그리고 당당했다. 다시 또 준비해서 승리하면 되니까. 반면 이겨서 기쁘지만 이기고도 찜찜한 건 내가 할 수 있는 걸 다 하지 못했을 때였다. 이기기는 이겼는데 어딘가 끌려다닌 느낌이 들기도 했다. 그런 경기는 항상 후회가 남았다.

'후회' 라는 단어를 봤을 때 연상되는 내 인생 첫 기억이다. 이런 패턴은 내 인생 전반에 다 적용된다. 항상 후회가 남는 일, 사건, 기간은 내가 최선을 다하지 않았을 때다. 그건 결과와 상관없다. 내가 준비한 것, 내가 생각한 것을 모두 다 펼쳐냈느냐가 중요하다.

내가 할 수 있는 건 다 해보는 것. 이 경우, 시간이 지나 조금 더 지혜가 쌓인 시점에서 돌아봤을 때 느끼는 약간의 아쉬움은 있어도, 뒤늦은 후회가 남지는 않는다. 다시 돌아가도 그때만큼 할 자신이 없다. 그때 당시 내가 할 수 있는 최선을 다했다는 걸 스스로 알고 있으니까.

경기에 임하는 스포츠 선수, 심사를 받는 오디션 참가자, 무대에 오르는 예술인. 그들의 이야기를 듣다 보면 똑같은 패턴이 있음을 알게 된다. 자신이 준비한 만큼, 자신이 할 수 있는 만큼 최선을 다한 사람은 결과에 상관없이 당당하다. 결과는 깨끗이 승복하고 상대방도 존중한다.

대신 다음에 더 준비해서 더 좋은 결과를 얻겠다고 자신한다. 얼굴과 자세와 말에서 마음의 여유로움이 느껴진다. 패배자의 모습과 다르다. 한 분야의 달인이라 부르는 사람들에게서는 그런 느낌을 한 사건이 아닌 일상의 모습에서 느낄 때가 있다. 그런 분들은 그냥 매일을 자신의 삶에 충실하게 보내기 때문이다.

신중한 것은 좋다. 하지만 신중함 지나치면 두려움에 휩싸인다. 생각이 많은 것도 좋다. 하지만 생각이 깊은 것과는 다르다. 머리로 쏠리는 힘이 너무 크면 행동할 힘이 줄어든다. 행동하지 않으면 아이디어는 아이디어로만, 계획은 계획으로만, 시나리오는 시나리오로만 남는다. 결국 행동을 해야 결과가 나오고, 결과가 나와야 피드백을 얻을 수 있다. 이렇게 부딪혀봐야 마음속에 찜찜함이 남지 않는다. '해서 생기는 후회' 보다 더 찜찜한 게 '하지 않아서 생기는 후회' 다.

정성껏 준비하고 생생하게 도전하며 결과와 상관없이 경험을 만끽하는 것. 후회하지 않는 삶을 살 수 있는 방법이다.

다 때가 있는 법이다

"작가님은 주로 언제 글을 쓰세요?"
"글이 잘 써지는 시간대가 있나요?"
종종 듣는 질문이다.

첫 책을 쓰기 전, 당시 나처럼 다른 일을 하며 책도 쓰는 많은 작가들의 삶을 살펴보았다. 일반화할 수는 없지만 그들의 이야기엔 비슷한 점이 있었다. 새벽 시간을 이용해 글을 쓴다는 것이다. 각자의 이유가 있지만, 그럼에도 겹치는 이유가 있다.

우선 정신이 맑다. 그들의 새벽을 알람 소리에 억지로 일어나 출근하기 정신없는 일반인의 새벽과 비교해선 안 된다. 해가 뜨기 전 여유 있게 일어나 차 한 잔과 시작되는 고요한 새벽을 말한다. 충분한 휴식을 취하고 일어난 상태의 새벽을 말한다. 확실히 그런 새벽은 정신이 맑다. 피로가 쌓인 저녁과 다르다.

또 하나. 현실적으로 새벽만이 온전히 자신이 컨트롤하고 집중할 수 있는 시간이다. 일을 할 경우 저녁 시간을 일정하게 확보하지 못할 때가 많다. 변수가 많다. 업무가 늦어질 수도 있다. 없던 출장과 야근이 생길 수도, 예상치 못한 회식이 잡힐 수도 있다. 게다가 글쓰기를 위협하는 매력적인 유혹으로 넘쳐난다. 글에 집중하기 위한 고정된 시간을 확보하기엔 새벽만 한때가 없다.

그럼에도 난 새벽보단 저녁에 글이 잘 써질 때가 있다. 아니, 어쩌면 용도가 다를지도 모르겠다. 새벽이 맑은 정신으로 창의적인 생각을 하기에 좋다면, 저녁은 뜨거운 열정으로 글을 내뱉기 좋다. 그건 사실 꼭 저녁이어서는 아니다. 하루를 보내는 과정에서 나를 글 쓰게 만드는 소재, 동기, 자극을 만나기 때문이다. 일을 하고, 사람을 만나고, 사물과 현상을 관찰하고, 내 마음을 돌아보는 과정에서 수많은 자극을 받는다. '이런 글을 써볼까' 란 아이디어가 떠오르기도, '이런 글을 쓰고 싶다' 는 욕망이 떠오르기도 한다. 속에서 끓어오름이 느껴진다. 열정을 가지라는 메시지 때문이 아니라 자연스레 글쓰기에 대한 열정이 생긴다. 그 열정은 내 몸을 자극해 손으로 휘갈기든 키보드를 두드리든 뭔가를 쓰라고 압박한다. 내면의 끓어오름이 지속돼 조금씩 넘쳐나려 한다.

그 때가 중요하다. 그런 끓어오름이 있을 땐 글을 배설說해야 한다. 글을 쓰라는 자극을 온몸으로 느꼈을 때, 자리에 앉자마자 바로 휘갈기고 싶은 무언가가 있을 때 바로 글을 써야 한다. 문장을 가다듬는 건 다시 해도 괜찮다. 좋은 글일지 나쁜 글일지 판단하는 것도 일단 뒤로 미루자. 간단히 구조만 세운 뒤 그때 바로 끄적여야 한다. 제일 글이 잘 써질 때다. 수 천자의 글도 막힘없이 써질 때다.

게다가 그 안엔 날 것 그대로의 감정과 생생한 이야기가 담긴다. 때를 놓치면 안 된다. 며칠 뒤 맑은 정신의 새벽을 맞이한들, 끓어올랐던 그 순간에서 얻을 수 있는 맛을 내기 어렵다. 제철 과일이, 갓 잡아 올린 생선이 맛있는 것처럼 글도 그 싱싱한 마음이 있을 때 써야 한다. 숙성? 숙성도 일단 싱싱할 때 수확한 재료를 숙성해야 맛있다. 글도 싱싱할 때 쓴 글을 퇴고해야 맛있다.

삶을 복기해보면 이는 비단 글쓰기만의 얘기가 아니다. 성취, 성공과도 연결된다. 살다 보면 한 번씩 '이건 꼭 하고 싶다'란 열정이 스멀스멀 올라올 때가 있다. 잠깐 스쳐가는 충동과는 다르다. 내면에서부터 올라온 욕망이다. 타인의 시선, 사회적 요구와 상관없다. 이걸 해서 성공할지 실패하지도 중요하지 않다. 그냥 하고 싶고 해내고 싶은 무언가가 떠오른다. 감정은 끓어오르고 이성적으로 판단해도 자명하다. 그럼 그때 해야 한다. 그때만큼 강렬한 추진력과 힘이 생길 때가 없다. 스스로 몰입하게 되고 거침없이 자연스럽게 하게 된다.

안타깝게도 우린 그 때를 놓친다. '이걸 해도 될까'란 의구심, '해서 안되면 어떡하지'란 두려움, '이걸 해서 뭐해'란 자기합리화, '내가 할 수 있을까'란 걱정으로 행동을 미룬다. 스스로 열정이 사그라지게 만든다. 열정이란 선물을 스스로 거부한다. 그러면서 다른 곳에서 열정을 쥐어짜낼 수 있길 기대한다. 이렇게 미뤄둔 열정은 완전히 사라지지 않는다. 내면 깊은 곳에 남아 있다. 대신 형태를 바꾼다. 하나의 과제로, 하나의 응어리로, 하나의 후회로.

그렇게 미루고 미뤄놨던 열정을 훗날 다시 꺼내는 사람이 있고 평생 한으로 남겨두는 사람이 있다. 뒤늦게라도 하면 다행이다. 사라진 불씨를 다시 지필 수 있다. 하지만 그만큼 또 다른 노력이 필요하다. 당연히 비효율적이다.

뜨거운 열정은 이성적 판단과 계획된 의지만으로 만들 수 있는 게 아니다. 행위를 유발하는 강력한 동기가 있을 때 그 행위를 하는 게 좋다. 그 안엔 미숙함이 있을지 몰라도 생생함이 있다. 단순히 머리로 짜내서 만들어낼 수 없는 무언가가 있다. 무언가가 끓어오른다는 것. 예술가들은 말하는 영감, 과학자나 발명가들은 표현하는 직관이라는 것도 마찬가지다. 위대한 사람들은 그때를 놓치지 않는다. 아르키메데스는 목욕을 하다 밀도를 측정하는 방법을 발견했다. 흥분한 나머지 '유레카(알아냈다)!'를 외치며 알몸인 채로 달려갔다는 건 워낙 유명한 일화다. 그때 아르키메데스가 '좋은 아이디어인데 일단 탕에서 몸을 불리고 사우나에서 땀을 뺀 뒤 미온수로 몸을 깨끗이 씻고 보습제로 온몸에 수분을 보충한 뒤 몸무게의 변화를 측정해보고 바나나맛 우유를 하나 마시며 자연바람으로 몸을 말리고 기분 좋게 집에 가서 한숨 잔 다음에 연구실에 가서 이 위대한 발견을 검증해보자' 라고 했으면 어땠을까.

끓어오름이 있을 땐 이를 실천으로 옮겨야 한다. 지나고 나서 그 감정과 느낌과 열정을 되찾긴 힘들다. 다 때가 있는 법이다.

방구석에 처박힐 거라면 방구석이라도

어릴 적, 설움이 복받쳐 오를 때가 있었다. 3단 변신 장난감이 망가졌는지, 기껏 쌓아 올린 레고 블럭을 누가 건드렸는지 몰라도 어쨌든 그 당시는 나라 잃은 듯한 설움에 자연스레 눈물이 났다. 그럴 때 난 구석진 곳으로 숨어들었다. 내 방은 나만의 안식처였다. 내 방이 없을 땐 피아노 의자 밑에라도 기어 들어갔다. 누군가 말을 걸어도 대답하고 싶지 않았다. 그곳에서 홀로 내 마음을 달래고 나름의 회복을 꾀했다. 또한 내가 이렇게나 기분이 좋지 않음을 표현했다. 자발적 고립을 선택함으로써 말이다.

시간이 지나면서 자연스레 알게 됐다. 그렇게 숨어 들어가 있는 시간에도 한계가 있다는걸. 처음엔 내 설움을 달래주려는 도움의 손길이 온다. 단번에 그 손을 잡으면 모양새가 안 나온다. 손길을 거절한다. 반복된 거절에 결국 아무도 손을 내밀지 않는다. 고립과 거절로 나의 좋지 않은 기분을 표현하지만 그런다고 딱히 달라지는 건 없다. 게다가 무엇보다도 배가 고프다. 우는 게 생각보다 많은 칼로리를 소비한다. 단위 시간당 많은 열량을 소비하는 효과적인 다이어트 운동이다. 눈물샘으로 많은 수분을 배출했음에도 하필 그때 소변이라도 마려우면 더욱 큰일이다. 밖으로 나가야 한다. 더욱 모양새가 나오지 않으나 일단 나가야 내 생존을 영위할 수 있다. 모양새는 그다음이다.

어릴 적의 학습에도 불구하고 내겐 힘든 일을 겪을 땐 다시 동굴 깊은 곳으로 숨어 들어가는 습성이 있다. 집돌이, 집순이다. 하루 종일 집 안에 있는 것이다. 안전한 동굴 안에서 충분히 회복하고 나오면 얼마나 좋은가.

때로는 그 동굴 안에서 너무 많은 시간을 보낸다. 이제는 동굴 안에 허기진 배와 생리적 현상을 해결할 수 있는 시설 정도는 갖췄기 때문이다. 나름 어른이 된 거다. 하지만 너무 오랜 시간 동굴 안에 있다 보면 오히려 몸과 마음이 더 힘들어진다. 사람은 기본적으로 관계를 맺어야만 하는 동물이기 때문이다. 고로, 힘든 시기일수록 더욱 세상 밖으로 나와야 한다.

사람은 같은 실수를 반복한다. 어릴적 교훈을 알면서도 어김없이 집 안에서 시간을 보낼 때였다. 며칠이 지나자 방 안이 점점 더 혼잡해졌다. 물건들은 제 자리를 벗어나 점점 내 활동 반경 근처로 쌓여갔다. 자연은 무질서도가 증가하는 방향으로 흘러간다고 열역학 법칙이 말했던가. 나는 자연인이다. 내 방의 무질서도는 무한히 확장됐다. 처음엔 방만 무질서해졌지만, 이런 방을 보며 곧 머릿속도 더욱 무질서해졌다. 어느새 그 복잡함에 답답함이 느껴졌고 회복하려 있는 방 안에서 오히려 더 상처를 얻고 있다는 느낌을 받았다.

힘을 얻고자 각종 동기부여 영상을 찾았다. 성공한 사람들의 책을 읽었다. '그래! 나도 할 수 있어!' 라며 두 주먹을 불끈 졌지만 그 손으로 다시 이불을 덮었다. 자기 꿈을 향해 목숨 걸고 나아가는 사람이 참 멋지고 존경스럽지만! 수십 년간의 인생 스토리가 너무나도 감동적이지만! 지금 당장의 나와는 너무나도 거리가 멀게 느껴졌기 때문이다.

한참을 그냥 뒹굴거렸다. 뒹굴거리는 것도 지쳐 일어섰지만 그게 더 귀찮아 다시 또 뒹굴거렸다.

'에잇. 어차피 방구석에 처박혀 있을 거라면 일단 방구석이라도 정리하고 보자.'

이대로는 도저히 아니다 싶은 마음이 들었다. 같은 실수는 반복하되 학습 효과는 있는 게 인간이지 않은가. 일단 방구석이라도 정리하기로 했다. 내가 뭐 세상은 못 바꾸더라도, 내 삶을 완전히 바꾸진 못하더라도 최소한 방구석 하나 정도는 바꿀 수 있지 않은가. 어차피 방구석에서 뒹굴거릴 거 이왕이면 깨끗한 방구석에서 뒹굴거리는 게 좋기도 하다.

그렇게 쌓인 쓰레기도 정리하고 잔뜩 흐트러진 각종 물건들도 제 자리로 돌려보냈다. 그냥 눈에 보이는 것부터 하나씩 정리하다 보니 점점 보이지 않는 부분까지 정리하게 됐고, 나중에는 아예 미니멀리스트가 되자며 필요 없는 물건들을 처분했다.

조금씩 정리를 시작하자 방구석이 깔끔해졌고, 그 방구석처럼 복잡했던 내 머릿속도 맑아졌다. 한때 운에 대해 열렬히 탐구한 적이 있다. 운이 좋으면 좋지 않은가. 그때 '사람이 시공간을 살고 있으니, 시공간에 이로운 일을 하면 운이 더 좋아지지 않을까' 란 생각을 했다. 그럼 어떤 게 이로운 일일까. 정리다. 정리하고 청소하는 건 공간에 대해 예의를 표하는 일이다. 내 공간을 깔끔히 정리한다면 하늘에게 예쁨을 받지 않을까. 공학도의 세계관을 벗어나는 가설이지만, 나름 논리적인 접근이라며 혼자 즐거워했다.

정리는 공간에 대한 예의라는 가설은 믿거나 말거나다. 아마 이 가설을 검증할 현시대의 과학적인 방법은 없을 듯하다. 다만 방구석을 정리하고 나면 기분이 좋아지는 건 내게 사실이다. 방구석의 무질서도를 낮출 때 내 머리의 무질서함도 정리가 된다. 게다가 방구석을 박차고 나갈 힘이 생긴다. 방구석을 정리함으로써 말이다.

그러니 마음이 힘들어 방구석으로 숨어 들어간 자들이여. 일단 방구석부터 정리하자. 세상 바꿀 생각하기 전에.

어떻게 끌림을 찾는가

"지금까지 학교에 있으면서 저도 이런 일은 처음이네요."

학생들 대상의 특강을 의뢰받아 몇 차례 강의를 진행했다. 마지막 강의를 마치고, 의뢰를 주셨던 교수님과 대화를 나누던 중 이런 일은 처음이었다며 한 학생의 이야기를 하셨다.

첫 특강을 마치고 나서 며칠 후, 한 학생이 교수님께 면담을 요청했다. 자퇴를 하고 싶다고 했다. 교수님께서 그 이유를 물으니, 특강 때 잠시 시간을 내서 진행했던 한 가지 활동을 한 뒤 많은 생각이 들었다고 했다. 부모님의 권유로 지금의 학과에 들어왔고 주어진 커리큘럼에 따라 공부하고 있었지만, 이 길이 본인이 행복할 수 있는 길이 아니라는 확신이 들었다고 했다. 원래 자신이 하고 싶었던 일, 가고자 했던 길을 위해 학교를 그만두기로 마음먹었단다.

교수님께서는 내게 말씀하셨다. 학교의 입장에서는 손해일지 모르지만, 학생을 가르치는 사람으로서 그 학생이 본인의 삶을 위해 좋은 선택을 내렸다고 생각한다고.

순간 당황스럽긴 했다. 어찌 보면 내게 특강을 의뢰한 고객에게 손해를 끼친 꼴이 아닌가. 하지만 학생의 삶을 생각한다면 좋은 선택이라 생각한다. 또한 그런 용기를 가진 학생이 정말 대단하고 멋지다. 결국 그 학생은 자퇴했다.

첫 특강 때 내가 학생들에게 제안했던 활동은 어찌 보면 지극히 단순하다. 하지만 한 학생의 진로를 바꿀 수 있었다. 나 역시 삶의 방향을 잡을 때 그리고 끌림을 찾을 때 종종 사용하는 방법이다. 그건 바로 '완벽한 하루'를 상상하는 것이다.

자, 현재 나는 영화감독이다. 아침에 일어나서 밤에 잠들 때까지, 말 그대로 가장 완벽하다고 생각되는 하루를 상상해보자. 아침에 일어났을 때 방의 인테리어는 어떻고 무엇을 하며 아침 시간을 보내는가. 식사 메뉴는 무엇인지, 어디로 출근해서 무엇을 하는가. 어떤 사람들과 함께 하는가. 이 모든 걸 전부 시나리오로 만들어 보는 것이다.

대신 두 가지 조건이 있다. 물리적 제한을 두지 않는다. 시간도 돈도 충분하다. 모든 걸 해낼 수 있는 능력을 이미 갖고 있다. 그 상태에서 하루를 상상해보자. 이는 각자 갖고 있는 내적 제한, 고정 관념에서 자유로워지기 위해서다. 그 다음으로는 완벽한 하루에 꼭 '일'을 넣는 것이다. '일'을 넣지 않으면 삶을 구성하는 지속적인 일상보다는, 지금의 고통과 스트레스로 인한 보상심리와 같은 일시적인 휴가를 상상한다. 이는 완벽한 하루를 상상하는 의도와 맞지 않다.

그럼 완벽한 하루를 상상하는 이유는 무엇일까. 연구 결과마다 차이는 있지만, 보통 사람은 하루에 약 6만 가지의 생각을 한다고 한다. 대략 오만 가지라고 하자. 흔히들 오만 생각이 든다는 말이 괜히 있는 게 아니다. 그런데 그중 95%는 어제 했던 생각과 크게 다르지 않다. 반복된 일상에 휩쓸려 가느라 어제 했던 생각을 오늘도, 오늘 했던 생각을 내일도 그대로 한다. 그런 반복된 울타리와 같은 삶 속에서 새로운 방향을 잡고 새로운 가능성을 실현하기란 당연히 쉽지 않다. 삶이 무료하고 지루할 수밖에 없다.

완벽한 하루를 상상하는 건, 이런 구조 안에서 잠깐의 시간이나마 할애해 내가 진짜 행복한 삶은 어떤 모습일지, 내가 바라고 그리는 모습은 무엇인지 떠올려보기 위해서다. 새로운 가능성을 모색해보고 영혼이 반기는 끌림을 찾아보기 위해서다. 앞서 언급한 학생의 경우 이 시도를 통해 자신이 진정 원하는 삶이 무엇인지 알 수 있었고, 결국 그 길을 향해 방향을 전환한 것이다.

물론 한 번의 상상만으로 자신이 원하는 삶과 끌림을 단번에 찾아내기는 어려울 수 있다. 그건 워낙 이런 시간을 가져본 적이 없기에, 워낙 자신의 끌림을 발견하고 따르는 감각이 무뎌졌기에 그렇다. 하지만 조금씩 반복하다 보면 어느새 자신이 가고자 하는 길의 단서들을 찾게 된다. 그리고 이 활동을 통해 깨달을 수 있는 한 가지는, 완벽한 하루라는 거창한 표현임에도 막상 그 하루 속에서 지금 당장 해볼 수 있는 일이 생각보다 많다는 걸 알 수 있다는 것이다.

내 경우 완벽한 하루 속에서 아침에 일어났을 때의 집의 환경과 지금의 모습은 거리가 멀어도 너무 멀다. 하지만 그 환경 속에서 내가 하는 일 중에는 지금 당장이라도 할 수 있는 일이 있다. 마음에 드는 음악을 틀어놓고 따뜻한 차 한 잔 마시며 창의적인 생각을 하고 아이디어를 끄적이는 것이다. 이는 한강이 보이는 비싼 아파트에 살지 않아도, 고음질의 스피커가 없어도, 고급 자기와 테이블이 없어도 언제든 가능한 일이다. 언제든 반신욕을 할 수 있는 월풀이 집에 없다면 1주일에 한 번씩 동네 목욕탕에 가서 탕과 사우나를 모두 즐길 수도 있다.

완전히 똑같지는 않더라도 규모와 난이도를 조금 바꾸면 지금 당장 행복을 느낄 수 있는 일상의 일들이 생각보다 많다. 그럼? 그걸 지금 당장 하면 된다. 앞서 언급한 학생처럼 자퇴를 하는 강수를 두진 못해도, 지금 있는 자리에서 조금씩 삶의 흐름을 바꿔나갈 수는 있다.

이런 사소한 활동을 누적하다 보면 어느새 내가 진정 원하는 게 무엇인지, 나에게 끌림을 주고 나에게 행복을 가져다주는 일들이 무엇인지 알아차릴 수 있다. 그 감각이 살아나면서 점점 내가 진정 행복한 삶의 길로 나아갈 수 있는 용기를 얻을 수 있다.

어느 날 갑자기 자신이 진정으로 원하는 삶이 무엇인지 기적적으로 알게 되는 일은 말 그대로 기적처럼 흔치 않다. 중요한 건 일상에서 조금씩 시도하며 삶을 변화시켜 가는 것이다. 그런 시도가 누적되어 갈 때 점점 내 삶은 완벽한 하루와 가까워지게 될 것이다.

경험은 나를 이해하게 만든다

'내가 좋아하는 것은 무엇일까. 나는 앞으로 무엇을 하고 싶은 걸까.'

어릴 적부터 항상 안고 있던 고민이다. 나에 대한 질문이지만 막상 내가 답을 몰랐다. 삶은 선택의 연속이며 선택에는 기준이 있어야 한다. 선호와 의사가 확실하지 않으니 기준 역시 흔들렸고, 그만큼 선택을 내리는 일이 어려웠다. 이것도 아닌 것 같고 저것도 아닌 것 같은데 뭐가 맞을지는 잘 모르겠는 애매한 삶. 내 지난날의 모습이었다.

매번 답을 찾고 싶었지만 매번 미루기를 반복했다. 중고등학생일 때는 대학에 가면 답이 나올 거라 여기며, 대학에 입학해서는 군대 다녀오면 달라질 거라 여기며, 졸업을 앞두고서는 일단 취업이 중요하다고 여기며 미뤄왔다.

회사원이 되어 향후 커리어를 고민하다 보니 다시 한번 이 질문에 부딪혔다. 내가 진짜 좋아하는 것은 무엇인지, 앞으로 하고 싶은 것은 무엇인지 말이다. 이제는 더 이상 미룰 데가 없었다. 미룰 곳이 있다면 그건 은퇴 이후의 삶이거나 사후세계일 테다. 매번 반복되는 고민을 해결할 때가 되었다.

우선 왜 매번 뭘 좋아하는지를 고민하면서도 답을 찾지 못해 또 고민하고 있는지를 짚고 넘어갔다. 같은 고민이 반복된다는 건 답을 찾는 방식에 변화가 필요하다는 게 아닐까. 지금까지의 주된 방식을 돌아봤다. 무언가를 좋아한다는 건 주관적인 감정을 기반으로 한다. 나는 지금껏 지극히 이성 중심으로 질문에 대한 답을 찾았다. 생각으로만 감정을 찾고자 했다. 생각하고 생각하다 나는 왜 이렇게 생각만 많은지를 생각했다.

무엇을 좋아하는지 알기 위해서는 생각만 하는 게 아니라 행동이 병행돼야 한다. 제일 확실한 건 직접 해보는 것이다. 직접 해보는 것만큼 내가 그 일을 좋아하는지 아닌지 단번에 알 수 있는 방법은 없다.

한적한 일요일, 책상에 앉아 종이 한 장을 펼쳤다. 흔히 버킷리스트라고 하지 않나. 죽기 전에 꼭 해보고 싶은 일들 말이다. 이번 기회에 한 번 만들어보기로 했다. 쭉 적다 보면 진짜 하고 싶은 일이 나오지 않을까. 자 이제 상상만으로도 가슴 설레는 일들을 찾아볼까.

"…"

문제가 있었다. 손이 안 움직인다. 남들은 버킷리스트를 100개씩도 만들었다는 데 나는 왜 5개도 채우지 못하는 걸까. 이러다가는 버킷리스트를 만드는 게 버킷리스트에 들어가게 생겼다.

나처럼 스스로 뭘 좋아하는지 잘 모르는 무딘 사람에게는 처음부터 가슴 설레는 일을 요구해서는 안 됐다. 그걸 알았으면 지금 이렇게 고민하고 있지도 않았을 것이다.

생각을 바꿨다. '하고 싶은 일'의 기준을 대폭 낮췄다. 심장 박동에 아무런 변화가 없어도 상관없다. 지금껏 한 번이라도 관심을 가졌던 일, 한 번 배워보면 어떨까 싶었던 일, 관심이 가서 한 번 알아봤던 일, 나와 맞는지는 전혀 알 수 없지만 왠지 모르게 눈에 들어왔던 일, 일단 지금 생각나는 일. 그냥 머릿속에 떠오르는 모든 걸 있는 그대로 적었다. 그게 세속적이든 유치하든, 물리적인 법칙에 위배되든, 돈이 엄청 많아야 하든, 진짜 내가 좋아하는 게 맞는지 확실하지 않든 상관없다. 법과 도덕에 문제 되는 것만 아니라면 '이걸 적어도 되나' 싶은 것들도 모두 적었다. 이름하여 '해볼까 리스트.' 매주 일요일마다 그렇게 떠오르는 생각들을 하나씩 하나씩 해볼까 리스트에 적어나갔다.

여과 없이 적다 보니 생각 이상으로 다양한 일들이 나왔다. 노래 배우기, 명리학 공부하기, 책 출간하기, 사람들 모아서 강의하기... 기준을 낮춘 건 큰 효과가 있었다. '죽기 전에 꼭 해보고 싶은 일'을 주제로 버킷리스트를 만들 때에 비해 훨씬 내용이 풍부했다. '아니면 말고'라고 생각하니 고정관념에서 더 자유로웠고 심적 부담감도 줄어들었기 때문이다. 적어놓은 일들을 살펴보니, 지금 내가 회사에서 하고 있는 업무와는 전혀 다른 일들이 대부분이었다.

'단순히 스트레스받는 회사 일에서 탈피하기 위한 도피처가 필요한 걸까, 진짜 내가 좋아하고 잘하는 일이라 적은 걸까, 아니면 그저 타인의 욕망을 따라간 걸까. 순수하게 내 끌림이 있는 일은 무엇일까.'

아직 이 질문에 대한 답을 알 수 없었다. 아니, 지금은 굳이 그 답을 알 필요도 없었다. 이 단계에서는 생각만으로 의구심을 검증해선 안 된다. 그럼 지금과 같은 틀에서 벗어날 수 없다. 현재 갖고 있는 내 생각과 기준조차 진짜 내가 아닌, 남의 것을 따라 하는 것인지도 모르기 때문이다.

모든 건 생각이 아닌 행동으로 검증하기로 했다. 온몸으로 느껴보기로 했다. 주어진 커리큘럼과 같은 좁은 틀 안에서의 경험이 아닌, 내 고정관념조차 모두 깨버린 상황에서 있는 그대로 경험하는 것이다.

물론 적어놓은 일을 단번에 다 해낼 수는 없었다. 여전히 회사 일은 바빴고, 최대한 내 시간을 확보한들 물리적인 한계가 있었다. 괜찮다. 너무 욕심부리지 않기로 했으니까. 단번에 모든 항목을 검증하려, 숨겨진 흥미와 재능을 찾으려 조급해하지 않기로 했으니까.

'나는 지금 추리소설 속 탐정이야. 시간을 두고 하나둘씩 나에 대한 단서를 모아가면 돼. 하나의 단서 만으로 정답을 찾을 수는 없어. 하지만 조금씩 조금씩 단서를 모으다 보면 어느 정도 나에 대한 윤곽이 나타날 거야. 그 윤곽을 기준으로 다시 또 단서를 모으다 보면 나라는 사람이 어떤 사람인지 점점 구체적으로 알게 될 게 분명해. 범인을 찾는 것처럼 말이야.'

이런 생각으로 뜬금없이 동네 보컬 학원을 찾아 노래를 배웠다. 그리고는 깨달았다. 노래에 타고난 재능이 있다거나, 음악에 대한 못다 이룬 꿈이 있는 건 아니라는걸. 대신 억눌려왔던 감정을 발산하고 자신을 표현하고 싶은 욕구가 있어 노래를 배워보고 싶었다는걸. 명리학 책을 구입하고 강의를 들었다. 그리고는 깨달았다. 굳이 더 깊게 공부할 마음도, 철학관을 세울 생각도 없다는 걸. 대신 인간의 내면과 삶을 탐구하는 과정이 재밌었고, 이를 통해 사람들이 자기 삶을 행복하게 꾸려나가는 데 도움 되는 일을 하고 싶다는걸.

적어놓은 항목들을 하나씩 실행하며 평생을 바칠 가슴 뛰는 꿈을 찾은 건 아니지만, 최소한 하나씩 실행할 때마다 나에 대한 단서를 얻었고 그만큼 나를 이해할 수 있게 되었다.

자신만의 해볼까 리스트를 만들어보자. 그리고 하나씩 실행해보자. 꼭 적어놓은 그대로 실행할 필요는 없다. 지금 내가 할 수 있는 범위 안에서 비슷하게라도 해보면 된다. 에베레스트산에 갈 수 없다면 동네 뒷산이라도 가는 것처럼, 당장 지중해로 떠날 수 없다면 지중해를 다룬 영상이라도 보는 것처럼. 그런 마음으로 접근하는 것이다.

대신 작게라도 일단 한 번 해보면 진짜 끌림에 대한 단서를 찾을 수 있다. 내가 왜 이런 일에 관심을 가졌는지, 난 어디에 흥미를 느끼고 있는지, 앞으로 어떤 삶을 살고 싶은지. 그렇게 하나씩 나에 대한 퍼즐이 맞춰지며, 과거의 내 끌림과 지금의 내 행동들까지 점점 더 깊게 이해할 수 있게 된다.

행동 없이 막연하게 내가 뭘 좋아하는지, 나는 어떤 사람인지 생각만 해봤자 거기에서 나올 수 있는 답은 뻔하다. 단서를 모으자. 실마리를 찾자. 그럴수록 나를 더 이해할 수 있고, 그만큼 나를 더 사랑할 수 있는 힘이 생긴다.

작은 끌림을 무시하지 말 것

강릉까지 온 김에 뭘 해볼까.

'그래. 온 김에 커피거리라는 곳에 가보자.'

오랜만에 강릉에 왔다. 평창 동계 올림픽 때문이다. 올림픽을 일종의 잔치라고 하지 않나. 매번 이런 잔치를 저 멀리서 엿볼 생각만 했지 직접 그 잔치 안으로 뛰어든다거나 최소한 발 하나 걸칠 생각조차 하지 못했다. 항상 나와 거리가 먼 이야기로 여기며 거리를 뒀다. 이참에 그 고정관념을 허물고 싶어 '어차피 생중계로도 볼 수 있는 데 굳이 뭐 하러 가?'라는 합리적인 생각을 뒤로 둔 채 출판사 미팅을 마치자마자 바로 강릉으로 왔다.

그날 저녁 우리나라 쇼트트랙 선수들의 극적인 경기를 본 것만으로도 충분하지만, 이왕 온 김에 경기만 보고 돌아가기보다는 하루 더 머물며 주위를 둘러보기로 했다. 아침 일찍 일어나 해변을 걷고, 전국적으로 유명하다는 커피거리에서 차 한 잔 마시는 게 계획이었다.

사실, 십 년 전에 강릉에 왔을 때만 해도 커피거리라는 게 있는지도 몰랐다. 방문하기 전 분명 주요 여행지를 검색해 보고는 했는데 그때도 딱히 기억에 없었다. 무려 십 년 전이기도 하고, 지금처럼 카페 문화가 보편적이지 않아 내가 몰랐을 수도 있다.

그런 나에게조차, 언제부턴가 강릉 커피거리는 상당히 낭만적인 여행지로 인식되었다. 알게 모르게 각종 미디어와 커뮤니티에서 본 후기들도 많았다. 동해안에서 즐기는 커피 한 잔의 여유. 얼마나 멋진가. 인식을 바꾸는 일, 이것이 마케팅의 산물이다. SNS 운영자들의 성과에 박수를 보낸다.

'아침 7시부터 문을 열지는 않겠지. 일단 밖에 나가 아침부터 먹자.'

아침부터 욕조에 물을 받아 놓고 반신욕을 즐긴 뒤, 숙소를 나와 근처 초당 순두부집으로 들어갔다. 입안에서 그 형태를 풀어헤치는 부드러운 순두부와 짭조름한 황태구이 하

나. 아름다운 조합이다. 내가 지금 강릉에 있음을 잊지 않게 만든다.

가득 채운 배를 안고 근처 경포호에 들렀다. 아침 바람 불어오는 여유로운 호숫가의 분위기가 참 좋다. 호수를 중심으로 걷다 보면 관동팔경의 제1경이라는 경포대를 만날 수 있다. 경포대에선 5개의 달을 볼 수 있다는 이야기가 있다. 하늘에 떠 있는 달, 경포바다에 비친 달, 경포호에 잠긴 달, 주고받는 술잔에 빠진 달, 님의 눈동자에 비친 달. 아쉽게도 지금은 해 다 뜬 아침이다. 달이 없다. 일일이 확인하기 귀찮은 관계로 그냥 경포해변으로 향했다. 그 다섯 개의 달은 다음에 확인하기로 한다.

"아..."

해변에 들어서는 순간, 푸른 하늘과 소다맛 음료수 같은 청량감 느껴지는 바다에 절로 추임새가 나왔다. 어차피 그 물이 그 물이겠지만 바로 앞 호수의 여유와도 다른 맛이었다. 신발에 모래 들어가는 걸 싫어하면서도 절로 해변가로 걸어 들어갔다. 그럴 만한 매력이 있는 곳이다.

서로 이어진 경포해변, 강문해변, 송정해변, 안목해변이 합심해 나를 계속 걷게 만들었다. 계속 해변가만 걷는 건 아니다. 도중에 운치 좋은 소나무 숲길도 통과하고 작은 다리도 건널 수 있다. 운이 좋으면 눈에서 사랑빛을 쏘아대는 연인들과 산책 중인 가족, 바다를 향해 망부석처럼 앉아 있는 새 떼와 무슨 생각인지 알 수 없는 표정의 갈매기도 만날 수 있다. 그리고 안목해변에 다다를 때쯤 '여기가 커피거리구나'라는 자연스럽게 알게 된다.

유명 휴양지나 여행지에 들어서는 순간 '속았다' 란 생각이 들 때가 많다. 반면 강릉 커피거리는 '잘 왔다' 란 생각이 들었다. 커다란 통유리 밖으로, 혹은 루프탑의 트인 시야로 푸른 동해 바다를 바라보며 커피 한 잔을 즐길 수 있는 카페들이 많았다. 큰 기대를 안 해서일까. 생각 이상으로 잘 꾸며놓은 인테리어도 인상 깊었다. 커피 맛의 미묘한 차이를 알만큼 커피에 대한 조예가 깊지 않다. 그렇기에 커피 맛 자체가 커피거리라는 명성에 걸맞은지는 아직 잘 모르겠다. 하지만 술도 술맛 자체야 주인장의 손맛 타는 거 없이 똑같지만, 그 분위기에 더 취할 때가 있지 않은가. 해변을 바라보며 마시는 커피 한 잔은 도심 속 그것과는 분명 달랐다.

궁금했다. 어쩌다 강릉에 이렇게 커피거리가 생긴 걸까. 사람 많은 수도권도 아닌 데 말이다. 해변가와 항구 근처에

흔히 있을 법한 수산물 시장을 제쳐두고 굳이 커피거리가
된 이유는 무엇일까.

알아보니 80, 90년대에는 철책으로 인해 바다를 바로 볼
수 있는 곳이 경포해변과 안목해변 뿐이었다고 한다. 경포
해변이야 그때가 지금에나 워낙 유명해 많은 관광객이 찾아
온다. 상황을 아는 강릉 주민들은 번잡함을 피해 안목해변
으로 모였다. 그때 해변가 횟집 앞에 자판기 커피 몇 대가
있었는데, 유독 식사 후 입가심으로 마시는 헤이즐넛 커피
가 맛있었다고 한다. 이게 점점 인기를 끌기 시작하며 어느
새 바다를 바라보며 커피를 마시는 문화가 생겼다. 몇 대 없
던 자판기는 수십 대로 늘어났다. 더불어 2000년대에 들어
우리나라 1세대 바리스타가 강릉에 카페와 공장도 세우고
바리스타 교육도 열면서 강릉의 커피 산업 자체가 더욱 발
전하게 됐다.

횟집 자판기 커피가 시작이었다니. 지금의 잘 정돈된 거리
와 고급스러운 카페, 멋진 인테리어와 실력 있는 바리스타
와는 너무나도 대비되는 모습이다. 하지만 그 대비되는 시
작이 있었기에 지금의 커피거리가 생긴 것이다. 회를 즐기
고 커피를 마신 그 첫 시도가 없었다면, 혹은 굳이 없어도

되는 자판기 커피를 가져다 놓은 사람이 없었다면, 내가 굳이 강릉 커피거리를 찾는 시점은 많이 늦춰졌을지도 모른다. 어쩌면 아예 찾게 되는 일이 없었을지도 모르고.

사실 여러 문화나 트렌드의 시작을 살펴보면 의외로 대부분 참 어설프다. 단 한 명의 작은 취미였을 때도, 작은 공상에 불과했을 때도 있다. 하지만 이를 적극적으로 표현하고 시도하는 사람이 있어 그게 주변 사람들에게 전파되고, 점점 공감대를 형성하는 사람들이 늘어나면서 하나의 문화로 발전한다.

따라서 끌리는 일이 있다면, 자기 취향이 있다면 이를 적극 표현하고 실천해보자. 설령 그게 대중적이지 않더라도 말이다. '혹시 남들이 이상하게 보지는 않을까, 이해하지 못하는 건 아닐까, 나만 이런 데 관심 있는 건 아닐까.' 어쩌면 그 두려움을 깬 시도가 거대한 문화를 만들어내는 시발점이 될지도 모른다. 남의 눈치에 주눅 들지 말고 남과 다름에 고민하지 말고 내 즐거움을 보여주자. 나의 작은 끌림을 결코 무시하지 말자. 그 끌림을 과감히 따른 그런 선구자가 있기에 더욱 문화가 풍요로워지는 것이다.

안전하게 변화를 시도하는 법

나다운 삶이란 무엇일까. 어떻게 나답게 살 수 있을까. 어릴 적부터 이어진 주된 화두였다. 계속해서 질문을 던지고 탐구하며 명확한 답은 얻지 못해도, 명확한 사실 하나는 알 수 있었다. 이건 나만의 고민이 아니라는 점이다. 오랜 친구들도, 회사에서 일을 하며 만나는 사람들도, 우연히 모임에서 만나는 사람들도 각자 자기다운 삶에 대한 고민을 안고 있었다. 단지 겉으로 드러내지 못하고 있었을 뿐이다.

"뭘 이렇게 진지해. 그냥 술이나 마셔."

자기다운 삶이라는 건 식사를 하며 넌지시 이야기할 주제가 아니었고 술자리에서조차 쉽게 털어놓을 수 없는 주제였다. 삶에서 중요한 화두일수록, 그 고민이 본질적일수록 사람들과 대화를 나누기가 어려웠다. 오글거린다는 이유로, 고상한 척한다는 이유로 말이다. 아이러니하다.

회사원 생활을 하던 어느 날, 문득 이 주제로 워크숍을 열어보고 싶은 마음이 들었다. 내가 나답게 살고 싶은 것처럼 다른 사람 역시 자기답게 살고 싶을 것이다. 각자 자기답게 살면서 서로 협력할 수 있다면 얼마나 멋질까. 혼자서 고민만 하지 말고 뜻이 맞는 사람들이 같이 모여, 이야기도 나누고 응원하며 배움을 실천할 수 있다면 좋지 않을까. 그 모습을 상상하니 회사 생활에서는 느낄 수 없었던 알 수 없는 설렘이 요동쳤다.

설렘이 채 가시기도 전에 곧바로 자기검열과의 싸움이 시작됐다. '시간이 될까?' 된다! 평일은 어림없지만 주말에라도 하면 된다. '누가 강의를 시켜 준대?' 괜찮다! 내가 사람을 모아서 하면 된다. '내가 강의를 할 수 있을까?' 크진 않아도 이미 남 앞에 서 본 경험이 있다. '그래, 다 좋다 이거야. 그런데 일개 회사원인 내가 나다운 삶이라는 주제로, 그것도 워크숍까지 열어도 될까?' 음... 이 질문에 대해서는 걱정이 들었다. 심오하려면 한없이 심오한 주제다. 손에 잡히는 실체가 있는 것도 아니다. 무엇보다 내가 이 주제로 사람들을 모아 강의를 할 자격이 있나 고민되었다. 그냥 평범한 회사원일 뿐인데.

'모든 것이 완벽해지기를 기다리면 결국 아무런 행동도 하지 못한다'

그럼에도 내가 시작한 이유다. 끌림이 있다면 일단 도전하자. 내가 갖지 못한 것보다는 이미 내가 가진 것에 집중하자. 돌이켜보면 학창 시절부터 누구 못지않게 나다운 삶을 주제로 고민해왔다. 내 갈증과 결핍이 담겼기에 그 고민은 밀도 있었고, 얼마나 깊이 있는지는 몰라도 최소한 진심이었다. 인생 선배들의 다양한 조언을 듣기만 하지 않고 직접 실천했다. 실천을 통해 내 경험을 쌓았고 이를 바탕으로 많은 사색을 했다. 각종 교육을 듣고 책을 읽으며 내용을 정리했다. 온갖 심리검사까지 받아보며 그 결과를 분석했다. 강의를 못할 이유는 많지만 반대로 해낼 수 있는 이유도 많다. 그럼 하는 거다.

대신 새로운 도전에 대해 여전한 두려움과 불안을 다룰 방법이 필요했다. 그때 내가 선택한 것이 소규모의 베타테스터였다. 게임의 정식 버전이 출시되기 전에 진행되는 일종의 실험이다. 나는 소셜미디어에 수강생이 아닌 테스터를 모집한다고 글을 올렸다. 참가비를 무료로 할테니, 열심히 참가해 적극적으로 피드백을 달라고 말했다. 첫 강의에 대한 부담감도 줄이고 연습의 기회도 얻으며 워크숍을 발전시킬 수 있는 아이디어까지 모을 수 있는 좋은 방법이다.

설령 실패한다고 한들 크게 잃을 건 없었다. 제일 큰 건 내 시간이었다. 하지만 그건 경험으로 충분히 환산된다. 잃을 게 시간뿐이라면 한 번쯤 도전해볼 만한 가치가 있다.

계속 미룰 것만 같아 일단 일정과 장소를 정한 뒤 사람부터 모집했다. 안 그럼 마음속 핑계들 자기합리화하며 계속 미룰 게 분명했기 때문이다. 세부적인 강의안과 워크 시트는 이후 새벽과 늦은 밤, 주말을 이용해 조금씩 업데이트했다.

걱정과 달리 기대 이상의 반응이 있었다. 운이 좋게도 또 감사하게도 비록 소규모였지만 정원을 모두 채울 수 있었다. 오히려 자리가 부족해 함께 하지 못하는 지원자가 있었고, 다음 워크숍은 언제 여냐고 보채는 분들까지 계셨다. 내가 사람들을 모았지만, 사람들이 모인다는 사실에 내가 놀랐다. 역시 나다운 삶은 나만의 고민이 아니었던 것이다.

놀라운 일은 계속 이어졌다. 참가해 주신 분들의 적극적인 피드백으로 계속 워크숍을 발전시킬 수 있었다. 베타테스터를 시작으로 약 1년간 워크숍이 진행되었고, 기수가 생겼으며, 나중에는 해당 주제를 중심으로 다양한 사람들이 모이는 정기 모임도 열게 되었다. 이런 활동을 지속한다는 게 사람들의 눈에 들었는지, 틈틈이 고민 상담 요청을 받기도, 관련 교육 프로그램의 특허까지 갖고 계신 대학교수님으로부터 '활동 잘 지켜보고 있어요' 라는 연락과 함께 선물을 받기도 했다.

제일 놀랍다 못해 당황했던 건, 어느 날 같은 회사 사람이 참가자로 온 것이다. 그것도 무려 교육 부서 담당자가 말이다. 당시 내 이름과 회사를 밝히지 않고 온라인상의 닉네임으로 활동하고 있었다. 당연히 그분도 내 자세한 정체는 몰랐다. 단지 주제가 관심 있어서 찾아왔던 것이다. 혹시 내 활동을 이상하게 보진 않을까 조금의 걱정이 있었다. 회사 업무와 상관없는 일이고 개인적으로 주말을 투자해 하는 활동이지만 괜히 신경 쓰이는 게 회사원의 입장이다.

몇 주간의 워크숍이 모두 끝나고, 그분께 내 정체를 이실 직고했다. 사실은 같은 회사에 다니고 있다고. 그것도 같은 건물 다른 층에. 직감일까. 그분도 강의를 들으며 어딘가 이상한 느낌이 들었다고 했다. 걱정과 달리 그분은 나를 이상하게 보기는커녕 오히려 회사를 다니면서도 자기 콘텐츠를 만들어가는 모습을 좋게 봐주셨고, 이후 내 활동을 적극적

으로 응원해 주며 좋은 분들도 소개해 주는 고마운 지원자
가 되어 주셨다.

일단 해보고 나니 알게 되었다. 괜히 필요 이상으로 새로
운 도전을 두렵고 어렵게 만들었다는걸 말이다. 막상 해보
니 걱정보다는 설렘이 많았고, 문제보다는 배움이 많았다.
어쩌면 삶을 더 힘들게 또 제한적으로 만드는 건 다른 사람
이 아닌 나 자신인지도 모른다.

여전히 도전이 두렵고 부담될 땐 주말을 활용해 베타테스
터를 모았듯 작은 실험으로 접근해볼 필요가 있다. 이를 사
이드 프로젝트라고도 한다. 자신의 지금 자리는 그대로 지
키며 일부의 자원을 투자해 안전하게 새로운 시도를 하는
것이다. 성공하면 성공한 대로 좋은 것이고 실패하면 실패
한 대로 경험을 얻을 수 있다. 그렇기에 크게 잃을 것은 없
으되 삶의 새로운 가능성을 열어볼 수 있다. 안전하게 변화
를 추구하는 것이다.

미룸 대마왕의 실행력을 높여준 철학

어린아이 한 명과 이야기를 나눴다. 그 아이는 해야 할 숙제가 있는 데 생각대로 되지 않아 고민이라 했다.

각종 숙제들로 고민했던 학창 시절이 떠올랐다. 학교에서 숙제를 받으면 어느 정도 가늠을 해본다. 언제 어디서 어떻게 하면 될지 나름의 견적을 내는 것이다. 종종 끝이 보이지 않는 어려운 숙제도 많았지만, 내 생각대로만 된다면야 양질의 결과물은 아닐지라도 최소한 숙제를 완성하는 일이 불가능하지는 않다.

자, 여기까지는 내 생각이다. 현실은 생각과 달랐다. 매번 가늠을 하고 견적을 내지만, 매번 제출일이 코앞에 다가와서야 잊고 있던 숙제를 하느라 정신없었다. 그전엔 뭘 하고 있었던 것인가 후회한들 이미 시간은 흘렀다. 과거의 나는 항상 현재의 나에게 많은 숙제를 몰아줬다. 지난날의 나를 탓하며 때로는 밤을 새우기도, 제출 당일에도 숙제를 완성하지 못해 학교에 가서 친구들의 도움을 받기도 했다. 숙제는 매번 '미래의 나'를 낙관적으로 생각하다 '과거의 나'를 탓하고 있는 '현재의 나'를 만나는 작업이었다.

아이의 상황이 딱해 보였다. 이 아이는 지금 얼마나 부담스럽고 조급한 마음과 마주하고 있을까. 얼마나 과거의 자신을 탓하며, 당장 숙제를 완성해야 하지만 마음대로 되지 않는 상황에 불안해할까. 혹시나 내가 도와줄 게 있을까 생각을 해봤지만 본인이 직접 해결하는 버릇을 들여야 된다고 판단했다. 감당할 수 없는 일에 도움을 요청하는 것과 자기 책임을 떠넘기는 것은 엄연히 다르지 않나. 지금 당장은 숙제로 고심하겠지만, 지금의 과정을 거쳐 더욱 성장할 것이다. 아이에게 물었다. 그 숙제는 언제까지 제출해야 되냐고 말이다.

"아직 여유 있어요. 오늘 받았거든요."
" … "

부끄러움이 몰려왔다. 오늘 받은 숙제란다. 어디까지나 내 과거의 경험을 바탕으로 이 아이가 당연히 제출일이 다 되어서야 숙제를 하고 있을 거라 판단했다. 지금 이 아이는 과거의 나와 달리 숙제를 받은 당일에 이미 실행하고 있었던 것이다. 한참 미뤘다가 뒤늦게 허겁지겁 정신없이 달려들고 있는 게 아니고 말이다. 당황한 마음을 가라앉히고 다시 물어봤다. 마치 나는 과거에 안 그랬던 것처럼, 남의 이야기인 것처럼.

"숙제를 받으면 좀 미뤄뒀다가 나중에 하는 경우도 많지 않아? 학생들 대부분 그렇잖아. 그런데 왜 벌써부터 숙제를 해?"

아이의 대답은 나에 대한 부끄러움을 아이에 대한 감탄으로 바꿨다.

"어차피 해야 될 거면 일찍 하는 게 나아요. 그러면 마음이 편해요."

'... 얘 어린애 아니야. 인생 두 번 살면서 복습 중일 지도 몰라.'

아직 살아갈 날에 비해 살아온 날들이 한참 적지만, 그럼에도 지금껏 수 십 년을 살아오며 느낀 게 있다. 어차피 할 일은 일찌감치 하는 게 낫다는 것이다.

삶을 통해 내게 다가오는 일들이 있다. 때로는 끌림을 느끼는 일이기도, 때로는 내 의지와 반하는 일이기도 하다. 바로 해버릴 때도 있고, 그냥 미루고 넘어갈 때도 있다. 신기한 건 미루고 넘어간 일은 결국 다른 시간, 다른 장소에서 유사하게 다시 또 만난다는 것이다. 지난 세월을 돌아보면 이런 일이 한두 번이 아니다. 그게 흔히 말하는 카르마인지, 업보인지, 해소되지 못한 내면의 무엇인지, 같은 패턴을 유지하기에 겪을 수밖에 없는 유사한 사건인지 정확히 알 수는 없다. 다만 반복된다는 게 중요하다.

또 하나 느낀 건, 그렇게 미루고 넘어간 일은 이자라도 붙은 것처럼 더욱 크게 돌아온다는 것이다. 진짜 이자처럼 돈으로 돌아오면 얼마나 좋을까마는 그렇지 않다.

과거에 하고 싶었지만 미루고 있던 일이 있다. 그 일은 다시 돌아온다. 그런데 그 일을 하는 난이도가 더 높아져있다. 처음에 해버렸으면 더 좋은 기회로 쉽게 잘 될 일이 지금은 더 어려운 여건으로 다가온다. 그렇다고 더 미룰 땐 결국 큰 후회만 남는다.

내 의지와 상관없이 다가오는 숙제 같은 일들도 있다. 이역시 억지로 외면하고 도망갈 경우 나중에 더 큰 숙제로 돌아온다. 유사한 사람과의 갈등일 때도, 직업적인 문제일 때도, 심리적인 제약일 때도 있다. 미룰수록 그 숙제를 행하는데 더 큰 용기와 시간과 노력이 들어간다.

삶이 일종의 게임과 같다는 생각을 한 적이 있다. 게임 운영자가 사용자에게 경험치를 얻을 퀘스트(임무)를 제공했다. 그런데 사용자가 퀘스트에는 관심 없고 그냥 시간만 보내고 있다. 계속 한정된 공간만 돌아다닌다. 누적된 게임 시간은 늘어나지만 성취해 낸 퀘스트는 없다. 분명 이 정도 시간이면 다음 단계로 넘어가야 하는 데 그러질 못하고 있다.

이와 별개로 게임은 계속 발전한다. 다른 플레이어들의 성장과 함께 게임 역시도 업그레이드되기 때문이다. 그럴수록 퀘스트의 난이도는 점점 더 올라간다. 퀘스트를 미뤘던 플레이어는 누적된 시간은 많으나 성장하지 못한 자신을 보며 의아해한다. 뒤늦게서야 미뤄놓은 퀘스트가 있음을 깨닫고 마지못해 달려든다. 마음은 조급하지만 난이도는 더욱 올라가 있다. 진작에 했다면 더 쉬웠을 것을, 레벨업과 함께 게임의 더 많은 요소들을 즐길 수 있었을 것을 스스로 놓쳤다.

이런 느낌을 받은 이후로 어차피 할 일은 그냥 그때그때 하자는 마인드를 갖게 됐다. 숙제를 미루지 않고 일찌감치 해버리는 아이의 지혜처럼 말이다.

그렇다면 무엇이 '어차피 할 일'인가. 여기선 직관이 필요하다. 때로는 끌리는 일이고, 때로는 끌리진 않더라도 해야 되는 일이다. 서로 다른 일 같지만 '이건 왠지 해야 될 것 같다' 라는 느낌을 주는 건 동일하다. 그 느낌을 받을 때 바로 하는 게, 미루고 미뤘다가 결국엔 하게 될 때보다 대체로 훨씬 수월하다.

실행으로 옮겼다고 항상 좋은 결과가 있는 건 아니다. 때로는 끌려서 실행한 일에 실망할 때도 있고, 내 선택으로 인한 갈등과 마주할 때도 있다. 하지만 지나고 나면 알게 된다. 덕분에 경험치는 많이 쌓인다는걸. 덕분에 내가 성장했고 또 따른 경험을 누릴 수 있게 되었다는걸.

위대한 습관을 만드는 사소한 방법

사업을 하다 작가의 삶을 꿈꾸기 시작할 때였다. 책을 내고 싶다면 우선 글 쓰는 습관부터 들여야 했다. 그것도 아무런 글이 아니라, 책이 될 수 있도록 한 가지 주제를 안고 있는 글 말이다.

결과적으로 평일엔 일을 하고 주말엔 모임을 운영하면서, 동시에 한 달간 매일 한 편의 자기계발 칼럼을 썼다. 단행본 한 권에 약 40개의 소제목이 들어간다고 가정한다면, 30일 만에 원고의 75%를 작성한 것이다. 이때 작성한 글들은 실제로 다음 해에 출간한 자기계발서의 기본 원고이자, 작가의 삶을 실현할 수 있는 큰 원동력이 됐다.

한 달 동안 SNS에 자유롭게 사진을 올리고 글을 끄적인 적은 있었다. 하지만 주제를 잡고 매일 글 한 편을 써본 적은 없었다. 그럼에도 가능했던 건 시간이 많아서도, 없던 강한 의지가 갑자기 생겨서도 아니었다. 계획을 실천하고 습관을 만들어내는 새로운 전략이 효과가 있었기 때문이다.

당시 '작심 30일 미션' 이라는 걸 만들었다. 딱 30일만 새롭게 세운 계획을 실천하자는 것이었다. 단, 조건이 있다. 매일 실천해야 할 행동은 무조건 쉽고 단순해야 한다. 글쓰기 습관을 만들기 위해 세웠던 계획은 '매일 한 편의 글을 쓴다' 가 아니었다. 이게 웬만한 의지로 될 일인가. 대신 내가 정한 건 '매일 제목 짓기' 였다. 글은 안 써도 된다. 말 그대로 제목만 지으면 그날의 목표는 달성한 것이다. 30줄짜리 표를 하나 만들어 하루에 하나씩 글의 제목을 적었다. 그 결과를 사진으로 찍어 매일 SNS에 올렸다.

제목만 짓자는 생각으로 했던 행동이지만 결과적으로는 30편의 글이 완성됐다. 이런 계획을 세운 이유에는 두 가지가 있다. 글을 쓰려고 자리에 앉았을 때 막막한 건 작문 실력이 모자라서기보다는 애초에 쓸 말이 없어서다. 무슨 말을 해야 할지 아무런 생각이 없기에, 텅 빈 모니터 화면에 커서는 깜빡이고 적막만 흐른다. 인터넷 세계를 보자. 스마트폰 메신저에도, SNS에도, 커뮤니티 게시글에도 수많은 텍

스트가 올라온다. 쓸 말이 있다면 어떻게든 써내는 게 인간이다. 잘 쓰는 건 그다음 문제다. 나 역시 일단 제목을 지으며 쓸 글의 주제만 잡힌다면, 몇 줄이 되었든 뭐라도 쓸 수 있겠다는 생각이 들었다. 실제로 시간이 없어 제목만 짓고 넘어간 하루들도 많았다. 하지만 할 말이 있으니 다음 날 시간이 있을 때 어떻게든 몇 줄의 글이라도 쓰게 되더라.

또 다른 이유는 관성이다. 어릴 적, 학교 물리 선생님이 강조했던 게 있다. 관성의 법칙이다. 외부의 힘을 받지 않는 한 원래의 운동 상태를 유지하려는 성질이다. 쉽게 말해 굴러가는 타이어는 계속 굴러 가려고 하고, 멈춰 있는 타이어는 계속 멈춰 있으려는 성질이다. 선생님이 이를 강조했던 건 습관 때문이다. 한 번 멈춘 타이어를 다시 굴리는 데는 많은 힘이 필요하다. 하지만 조금이라도 굴러가고 있는 타이어를 더 빨리 돌리는 건 비교적 쉽다. 이는 공부도 운동도 마찬가지다. 한 번 끈을 놓아버린 일을 다시 해내는 데는 많은 노력과 의지가 필요하다. 하지만 설령 하루에 한 문장을 쓰더라도, 한 문제를 풀더라도 일단 끈만 놓지 않으면 이후 더 큰일을 해낼 수 있다.

내가 제목만 짓기로 한 것도, 설령 가장 단순한 활동을 하더라도 일단 의식적으로 글쓰기에 대한 끈을 놓지 않기 위해서다. 그럼 언제든 제자리로 돌아와 결국엔 하고자 했던 목표를 성취할 수 있는 가능성이 생긴다.

어느 날, 지인이자 스타트업을 운영하고 있는 대표님께 연락을 받아 사무실로 놀러 갔다. 이런저런 이야기를 나누다 매일 SNS에 올리고 있는 게 뭐냐는 질문을 받았다. 보는 사람이 많지 않은 소셜미디어 계정이었고, 누군가 보더라도 매일 올라오는 스팸 메시지처럼 여겨 관심이 없을 줄 알았다. 누군가 관심을 갖고 보고 있었다는 생각에 순간 당황했지만, 마음을 가다듬고 어떤 생각으로 사진을 찍어 올리는지 앞서 언급한 내용들을 말씀드렸다.

그러자 내게 한 가지 제안을 하셨다. 이 내용들을 바탕으로 자신과 회사 동료들에게 특강을 해달라는 것이었다. 모든 일에 습관이 중요하다는 사실에 대표님 역시 동의하고 있으며, 이러한 내용들을 동료들과 함께 나누고 싶다는 것이었다. 그렇게 난 졸지에 생각도 못 한 곳에서 강의를 하게 되었다. 매일 글의 제목만 만들어 찍어 올렸던 사진들을 보여 드리면서.

나는 욕심이 많다. 게다가 성격도 급하다. 매일 무언가를 성취하고자 하며 그 성취가 당연히 크기를 원한다. 하지만 살면서 느낀 건, 하루에 대단한 걸 해내는 것도 대단하지만, 작은 일을 꾸준히 해내는 건 더 대단하다는 것이다. 큰일을 해낼 수 있는 근본적인 힘은 작은 일도 꾸준히 해낼 수 있는 지속력을 기반으로 하는지도 모른다.

그렇기에 지금은, 원하는 바가 있으면 그냥 끈만 놓지 말 자는 생각으로 접근한다. 매일 극한으로 나를 밀어붙이기보 다는, 조바심을 내려두고 작은 행동이라도 꾸준하게 이어가 자고 생각한다. 그런 작은 행동이 쌓이고 쌓여 언젠가 나에 게 새로운 기회와 가능성을 가져다줄 거라는 걸 알기 때문 이다.

4 장

행복하기 :
방황 속에서도
행복하려면

젊은 나이에는 계획을 세우지 마세요

기분을 전환하는 한 가지 방법이 있다. 정리다. 평소에 참 손에 안 익는 게 정리지만, 그래도 정리를 하고 나면 기분이 좋다. 어쩌면 하도 정리를 안 해놨기에 기분 전환이 필요해 지는 건지도 모르겠다.

어쨌든 기분 전환도 할 겸 그동안 묵혀 왔던 것들을 정리 할 때였다. 이 날은 유난히 노트북 파일을 정리하고 싶었다. 과거 자료들을 모아놓은 폴더들을 확인했다. 그러다 대학생 시절 만들었던 자료 하나를 발견했다. '아, 내가 이런 것도 만들었었지.' 진로에 대한 고민이 깊었던 당시, 많은 생각 끝 에 작성한 나름의 커리어 설계다.

대학교 4학년이 되자 졸업 후 진로에 대한 고민이 더욱 깊어졌다. 일단 취업을 하긴 해야겠다. 그런데 당장의 취업은 물론 취업 이후 어떤 삶을 살고 싶은지 몰랐다. 기껏해야 잘 먹고 잘 살기 정도다. 주변에서 온통 커리어를 이야기하는데 어느 커리어 하나 장밋빛 전망으로 보이지 않았다.

'혹시 교수님께 조언을 구해보면 답이 나오진 않을까. 수 년, 혹은 수 십 년을 나처럼 꿈 없는 대학생들을 보셨을 거 아냐.'

생각해보니 맞는 이야기다. 그런데 그 맞는 생각을 내가 했다는 사실이 놀라웠다. 평소 교수님들과 전혀 친분이 없었기 때문이다. 수업별로 교수님께 강의를 듣고 과제를 제출하고 시험을 볼 뿐, 사적인 대화를 나누거나 따로 찾아가 조언을 구하는 일이 없었다. 같은 캠퍼스 안에 존재하지만 다른 세상 속 사람이라 여겼다.

벼랑 끝에 서긴 했나 보다. 평소 안 하던 생각을 하는 걸 보니 말이다. 수업이 끝나고 연구실로 돌아가는 교수님을 쫓아가 개인 면담을 부탁드렸다. 가만히 쳐다보시더니 며칠 뒤 자신의 연구실로 찾아오라고 했다. 아무런 준비 없이 면담을 하면 안 될 것 같아 나름의 준비를 했다. 그때 만든 게 노트북에서 본 자료다. 일단 나름대로 내 커리어에 대해 생각했다. 전공 특성, 선배들 사례, 관심사 등을 최대한 고려해 기업, 직무, 대학원, 유학 등 내 삶이 흘러갈 수 있는 각종 경우의 수를 계산해 총 4가지의 인생 시나리오를 만들었다. 정리하고 또 정리하고도 교수님께 보여드릴 4가지 시나리오나 만들 수 있었다는 건 그만큼 '이거다!' 싶은 커리어가 없었다는 것이다.

당장 졸업을 앞둔 시기였던 만큼 진지한 마음으로 만들었던 자료다. 그런데 그 진지한 마음으로 만든 자료를 보며 헛웃음이 나왔다. 정말 다양한 삶의 경로를 생각하며 잔뜩 고심 끝에 만든 자료지만, 그 자료에 지금의 내 삶은 없었다. 취업 실패 후 대기업에 입사했다가, 퇴사해 스타트업을 운영한 뒤, 이렇게 책을 쓰고 강의하는 삶은 시나리오 1, 2, 3, 4 어디에도 없었다. 게다가 실제로 내가 기업에서 일했던 부서와 직무는 그 자료에 단 한 번도 언급되지 않았다. 교수님을 졸래졸래 쫓아갔던 당시 내 머릿속엔 지금의 삶이 들어있지도 않았기 때문이다.

시간을 뒤로 돌렸다. 퇴사하면서 세운 계획은 지금과 얼마나 맞나. 그때 세운 계획 역시도 실제 내 삶과는 상당한 차이가 있다. 나는 계획 전문가지 않은가. 그토록 고심하며 미래를 설계하고 그렸지 않은가. 하지만 실제 삶은 보란 듯이 다른 결과를 내놨다. 인생 참 알 수 없다.

그럼 계획대로 되지 않은 지금 삶이 불행한가? 아니다. 대학생 시절 시나리오 어디에도 들어있지 않던 삶을 살고 있고, 퇴사 후 계획한 것과도 다른 현실을 마주하고 있다. 그럼에도 어느 때보다 내가 하는 일에 의미를 느낀다. 어느 때보다 일상에서 행복을 느끼는 일이 많다. 만약 요술 램프 속 지니가 나타나, 과거 학생 시절 그렸던 4개의 시나리오로 갈아탈 수 있는 기회를 준다면 무엇을 선택할까. 나는 여전히 지금의 삶을 걸어갈 것이다.

세계적인 미래학자 다니엘 핑크가 일산 킨텍스에서 열린 국제 컨퍼런스에 참석했을 때다. 한 인터뷰에서 그는 이렇게 이야기했다.

"젊은 나이에는 계획을 세우지 마세요. 세상은 너무 복잡하고 빨리 변해서 절대 예상대로 되지 않습니다. 대신 뭔가 새로운 것을 배우고 시도하세요. 실수는 필연적이겠죠. 하지만 어리석은 실수를 반복하지 않고, 멋진 실수를 통해 배울 수 있다면 실수가 자산으로 남을 것입니다."

모든 일이 내 계획대로 흘러가길 바랐다. 최적의 삶을 살고 싶었다. 계획에 어긋나는 일이 생김에 좌절했고, 계획대로 움직이지 않는 자신을 책망했다. 다시 또 있는 힘을 쥐어짜서 계획을 세웠고, 그 계획에서 벗어난 삶을 보며 점점 더 지쳐갔다. 삶을 원망했고 결국엔 어느 계획조차 세우지 못할 만큼 용기를 잃었다.

지난 삶에서 교훈을 얻은 내가 선택한 건 또 다른 계획 세우기가, 더 철저한 계획 세우기가 아니다. 내려놓는 연습이다. 인생이 꼭 계획대로 흘러가야 한다는 강박 관념을 내려놓기 시작했다. '난 언젠가 반드시 성공하게 되어 있어' 라는 마음은 잃지 않되, '나는 반드시 지금 성공해야 돼' 라는 마음을 내려놓기 시작했다. 분명 세상에는 내가 통제할 수 없는 일이 있다. 내가 예상할 수 없는 일이 있다. 미래를 연구하는 게 일인 사람도 예상하지 못하는 미래를 내가 어찌 다 알겠는가.

내려놓는 연습을 한다고 삶을 포기한 게 아니다. 오히려 더 충실히 살아간다. 대신 초점을 두는 곳이 달라졌다. 원하는 미래를 상상하고 그림을 그리되, 지금 내가 통제할 수 없는 것에 목매지 않고 통제할 수 있는 것에 집중한다.

알 수 없는 미래와 계획대로 되지 않는 삶 속에서 내가 통제할 수 있는 건 무엇인가. 결국 지금 여기에 있는 나의 태도다. 어떤 상황에서도 태도만큼은 내가 선택할 수 있다. 매 순간 자신의 태도에 집중하며 그 이후 펼쳐지는 삶에는 마음을 열어놓을 때, '생각대로 되지 않는 답답한 삶'은 '생각도 못 했을 만큼 흥미로운 삶'으로 변해간다.

생각대로 되지 않아 다행이다

한동안 너무 반복된 삶을 사는 것 같았다. 잠시 새로운 경험에 도전하기로 했다. 그중 하나가 패러글라이딩이다. 한 번쯤 해보고 싶었지만 한 번도 해본 적이 없었다. 그럼 더 이상 미루지 말고 지금 해보자.

사람들의 후기를 찾았다. 불그스름하게 노을이 질 때 하늘을 나는 맛이 매력적이라는 이야기가 있었다. 상상만 해도 멋진 그림이 그려졌다. 혹시나 그 시간대에 자리가 없을까 싶어 일찌감치 예약을 했다. 드디어 비행을 하는 당일이 되었다.

당일 오전, 패러글라이딩 업체의 사장님이 갑작스레 연락을 주셨다.

"혹시 시간을 앞당길 수 있을까요."

바람이 좋지 않아 내가 예약한 시간 이후로는 아예 비행을 할 수 없다는 것이다. 여기서 '바람이 좋지 않다'는 내가 생각하는 '거친 바람'이 아닌 '바람 없음'이다. 구름 한 점 없이 하늘이 맑고 날씨가 좋아도, 바람이 세지 않으면 아예 탈 수 없는 게 패러글라이딩이다. 바람이 동력이기 때문이다. 석양이 아무리 멋진 들, 바람 없는 하늘에서 수직 낙하하는 건 영 그림이 나오지 않는다. 어쩔 수 없는 일이다. 한 시간 더 일찍 타기로 했다.

석양을 포기했지만 패러글라이딩을 탄다는 것만으로도 충분히 의미가 있다. 몇 만 원의 추가 비용을 내면 액션캠으로 비행 영상을 찍을 수 있다. 흔치 않은 기회다. 하늘을 나는 첫 비행을 기록으로 남기고 싶었기에 당연히 영상 촬영을 신청했다.

차를 타고 활공장에 올랐다. 넓게 펼쳐진 논밭과 마을을 보니 마음이 절로 시원해졌다. 패러글라이딩은 당연히 좋았다. 함께 타는 파일럿의 지시만 따르면 됐는데, 사실 그마저도 크게 할 게 없었다. 그저 전문가에게 모든 걸 맡기고 경치와 바람을 마음껏 즐기면 됐다. 즐거워하는 나를 위해 파일럿도 더 오래 태워주고 싶어 했으나, 바람이 강하지 않아

적당히 비행을 하고 내려왔다. 내가 그날의 마지막 손님이었다.

장비를 정리하고 사무실로 돌아왔다. 액션캠으로 찍은 영상은 사장님이 스마트폰으로 옮겨 준다고 했다. 앞서 패러글라이딩을 즐긴 분들이 먼저 영상을 옮기고 있었다. 각자의 스마트폰에서 들리는 바람과 환호 소리를 들으며 내 영상은 어떻게 나올지 기대됐다. 먼저 탄 분들의 작업이 모두 끝나고, 드디어 내 차례. 사장님께 스마트폰을 건네고 잠시 밖으로 나가 한적한 마을의 풍경을 즐겼다.

그렇게 시간이 지났다. 사장님이 나를 보더니 미안하다고 말했다. 무슨 문제가 생겼는지 몰라도 도중에 영상 촬영이 중단되었다고 했다. 그나마 촬영된 건 딱 도약한지 얼마 안 된 시간까지였다. 하늘을 날며 촬영했던 모든 것들이 그대로 사라졌다. 아니, 애초에 촬영되지 않고 있었다.

내가 또 언제 패러글라이딩을 타겠는가. 바람으로 인해 노을 속 패러글라이딩 영상은 포기했다고 쳐도 아예 비행 영상 자체가 사라지는 건 또 다른 문제다.

그런데 카메라를 원망한들, 촬영이 멈춘 문제를 분석한들 갑자기 없던 영상이 나타나는 건 아니다. 이미 벌어진 일,

아쉽지만 받아들이는 수밖에.

그런 나를 보던 사장님은 잠시 생각을 하다 내게 제안을
했다.

"두 가지 방법이 있어요. 촬영 비용을 환불해 드릴까요.
아니면 지금 다시 올라가서 빠르게 촬영하면서 내려올래요?"

내 답은 이미 정해져 있었다. 무조건 후자다.

다만 사장님은 일정이 있어 다른 파일럿이 대신 태워준다
고 했다. 나로서는 전혀 상관없는 일이다. 그렇게 활공장을
향해 다시 차에 올라탔다. 그런데 이번 파일럿은 이전과 달
랐다. 차에서부터 카메라를 켜더니, 올라가는 길을 촬영하고
나에게 인터뷰를 했다. 올라가는 과정도 다 여행의 일부고
추억이라는 것이다. 그리곤 비용을 내면 제공하는 셀카봉에
달린 액션캠 외에도, 카메라 한 대를 더 가져와 내 머리 위
헬멧에 부착했다. 카메라의 위치에 따라 영상의 느낌이 많
이 다르니 이왕이면 다양한 관점에서 찍으면 좋지 않겠냐는
것이다. 의심이 많은 난 혹시 추가 비용을 받기 위한 영업
전략인가 싶었다. 파일럿의 표정은 그런 생각 자체를 안 해
봤다는 듯 미소를 띠며 평온했다. 실제로 어떠한 비용도 청
구하지 않았으며 영상도 모두 나에게 무사히 건네줬다.

두 번째 비행은 거의 수직 낙하하듯 그냥 빠르게 촬영만 하며 내려올 줄 알았다. 여기서 나만 각박한 사람인지도 모르겠다. 오히려 원래 타야 했던 비행보다 더 즐겁게 탔다. 게다가 영상 촬영까지 두 배로 한 셈이다. 도대체 이 분이 어떤 철학으로 일을 하는지 궁금했다. 그분의 철학은 단순했다.

"돈도 돈이지만 즐겁게 해야죠."

그렇기에 굳이 해주지 않아도 되는 것까지 챙겨주며 함께 기분 좋은 비행을 즐긴 것이다.

덕분에 난 한 번의 비용으로 두 번의 비행을 즐기고 두 배의 영상을 추억으로 남길 수 있었다. 게다가 한 번 더 타는 바람에 산자락에 해가 걸리는 석양 속에서 패러글라이딩도 탈 수 있었다. 애초에 계획했던 그 매력적인 노을 속 비행 말이다.

만약 내가 생각과 다른 시간 조정과 미촬영 문제로 짜증 내고 투쟁하는 모습을 보였다면 어땠을까. 돈을 냈으니 패러글라이딩을 타는 것 자체에는 문제가 없었을 것이다.

하지만 딱 거기까지다. 서로 기분이 좋지 않은 상황에서 하루가 마무리되었을 것이고, 패러글라이딩을 다시 한번 타는, 게다가 한 대의 카메라까지 추가되는 이런 혜택은 당연히 생각도 못 했을 것이다. 결과론적인 이야기지만, 만약 이모든 걸 지켜보고 있는 신이 있다면 짜증 내는 나에게 얼마나 답답했을까. 펼쳐졌을 이 멋진 결과를 스스로 걷어찬 꼴이니 말이다.

때로는 생각대로 되지 않은 게 오히려 더 나은 일일지도 모른다. 나의 관점으로만 판단하기엔 삶은 단편적이지 않으며 세상은 너무나도 크다.

어떤 일이든 단번에 모든 것을 판단하고 결론지으려 하지 말자. 설령 결론이 명확해 보일지라도 너무 일희일비하지 말자. 혹시 아는가. 삶이 어쩌면 내가 계획한 것보다 더 큰 선물을 준비하고 있을지. 지금 당장의 계획을 성공하지 못해 한탄하는 나에게 삶이 이렇게 말할지도 모른다.

"기껏 최고급 호텔 뷔페를 예약해뒀더니 과자선물세트 안 줬다고 떼쓰고 있네. 그래. 과자로 퉁칠까?"

방황이 다 쓰임이 있구나

"작가님, 취업 캠프 일정이 있는데 혹시 참가하실 수 있을까요?"

어느 날 생각하지 못했던 연락을 받았다. 설마 나보고 재취업하라는 이야기인가 싶었지만 당연히 그건 아니었다. 한 대학교에서 방학을 맞이해 공과대학 학생들을 대상으로 취업 캠프를 연다고 했다. 취업이 쉽지 않은 만큼 학생들에게 도움을 주기 위해서다. 연락을 준 건 프로그램 중 하나인 입사지원서 컨설팅 때문이었다. 학생들의 입사지원서를 읽고, 조언도 주고 작성 방향도 함께 세워주는 역할을 맡아달라고 요청을 받았다.

재밌겠단 생각이 들면서도 한 편으론 고민됐다. 이런 공식적인 행사에 취업 컨설팅이라는 이름으로 참여해본 적이 없었기 때문이다. 자기소개서 작성에 대한 내 생각과 경험을 정리해서 사람들에게 알려준 적은 있었다. 취업과 진로 전반에 대해 이야기한 적은 있었다. 입사지원서 작성에 어려움을 겪는 지인들을 일부 도와준 적은 있었다. 하지만 공식적인 역할을 맡는 건 다른 이야기 아닌가.

"네, 가능합니다."

'해본 적 없잖아?', '내가 취업 컨설턴트도 아니잖아' 라며 되묻는 두뇌의 외침과 달리, 참가하겠다고 담당자에게 답변을 드렸다. 해본 적이 없다는 이유를 들기 시작하면 어떻게 성장할 수 있으며, 스스로 자격이 없다고 생각하면 세상에 할 수 있는 일이 얼마나 있겠는가. 생각을 달리하면 나에게는 충분히 이 역할을 해낼 만한 능력과 경험이 있었다. 어느 누구 못지않게 입사지원서를 많이 써봤고, 본의 아니게 실패의 쓴맛과 성공의 단맛을 모두 맛봤으니까.

행사 당일이 됐다. 나에게 배정된 학생들이 있었다. 그들이 각자 자기소개서를 써오면 내가 피드백을 주는 방식이었다. 하지만 문제가 있었다. 자기소개서를 써와야 내가 피드백을 주든 말든 뭐라도 할 텐데, 일단 자기소개서 작성 자체가 잘 안되는 것이다. 입사 지원 경험이 없거니와, 대부분 자기소개서는커녕 글 자체를 쓸 일이 많지 않은 학생들이었다.

작성한 글을 꼼꼼하게 봐주기에 앞서 일단 뭐라도 글을 써보는 법부터 알려줘야 했다. 강의장 구석에 놓여 있던 화이트보드를 끌고 왔다. 그림을 그려가며 어떻게 쓸 내용을 정리하고 구조를 세우고 내용을 채워나갈 수 있는지를 이야기했다.

취업 후 얼마 되지 않아 자기소개서 작성에 대한 내 생각을 정리해 기록으로 남겼던 적이 있었다. 나처럼 취업에 힘들어하는 분들에게 도움이 되었으면 하는 마음에서다. 그 글도 따로 출력해 학생들에게 한 부씩 나눠줬다. 이후 학생 한 명 한 명과 대화를 나누며 그들이 어떤 삶을 살아왔는지 들어보고, 각자의 매력이 어디에 있는지 함께 찾아갔다. 애초 의뢰받은 시간을 훌쩍 넘겨 컨설팅이 끝났지만, 그래도 한층 더 발전된 입사지원서를 확인할 수 있었다.

워낙 에너지를 쏟아서일까. 그냥 멍했다. 일단 쉬는 것 밖에 머릿속에 떠오르는 게 없었다. 그러다 집으로 돌아가는 길에서야 이런 생각이 들었다.

'방황이 다 쓰임이 있구나.'

난 공대를 나왔다. 아쉽게도 전공에 큰 흥미를 붙이지 못했다. 그랬기에 전공에 구애받지 않고 오히려 더 폭넓게 진로를 탐색했다. 취업 실패의 경험도 있고 이를 극복해 결국엔 성공한 경험도 있다. 뜬금없이 블로그를 시작해 뭐라도 끄적이기 시작했고, 졸지에 책을 쓰고 작가가 됐다.

공대생 출신에 취업 실패와 성공 모두 겪었으며 폭넓게 진로를 탐색해본 책을 쓰는 작가. 내 입으로 말하기는 조금 그렇지만 이번 행사에 오기엔 꽤 적합한 모양새 아닌가.

역시 또 내 입으로 말하기는 뭐 하지만, 취업에 마음 아팠던 경험이 있기에 학생들의 마음에 조금 더 공감할 수 있었다. 폭넓게 진로를 탐색했었기에 전공에 흥미를 갖지 못하고 고민하는 학생들에게 다양한 이야기를 전할 수 있었다. 일기조차 제대로 써본 적이 없던 내가 책을 쓰기 위해 고민하고 노력했던 과정이 있었기에, 초보자가 글을 써보는 방법에 대해 이야기할 수 있었다.

어찌 보면 참 비효율적인 삶이지만 그 비효율적인 방황의 경험들이 누군가에게 작은 도움을 주는 데는 효과적이었다.

방황하고 있다는 건 경험을 쌓고 있다는 말의 다른 표현이다. 많은 방황을 한다는 건 다른 사람들에 비해 조금 더 넓은 범위의 경험을 하고 있다는 것이다. 당장은 마음 아프고 혼란스럽겠지만, 그 경험들은 결국 내 무형의 자산이고, 그 자산이 나중에 어떻게 쓰일지는 현재의 내가 온전히 알 수 없다. 분명한 건 지금까지의 경험이 있기에 현재의 내가 있고, 나는 그 경험을 활용해 누군가에게 도움을 줄 수 있다는 것이다.

방황을 할 때면 생각한다.
'이 방황 속에서 나의 끌림은 어디에 있고, 내면의 목소리는 무엇을 말하고 있는가?'

다짐한다.
'지금의 방황을 잘 기억했다가 나중에 나와 같은 사람들에게 도움이 되도록 하자!'

그리고 기대한다.
'이 방황은 또 나를 얼마나 성장시킬까.'

과거로 돌아갈 수 있다면

'만약 지금의 기억을 가지고 10년 전으로 돌아갈 수 있다면 어떨까'

한 번씩 상상한다. 정말로 과거로 돌아갈 수 있다면 어떨까. 그것도 지금의 기억을 그대로 안고서 말이다. 그게 가능하다면 분명 지금과는 다른 인생을 만들었을 것이다.

어떻게든 돈을 모아 지금 알고 있는 유명 기업들의 주식을 샀을까. 허허벌판이었던 신도시 땅을 샀을까. 뭐 그럴 수 있겠지만 그게 전부는 아닐 것이다. 여러 변화가 있겠지만, 무엇보다도 생각만 했던 일들에 더 과감히 도전했을 것이고, 주어진 삶에 더 즐겁게 몰입했을 것이다. 조금 더 용기를 내고, 조금 더 내 삶을 사랑했을 것이다.

어느 날 문득, 다른 상상을 했다. 만약 10년 뒤의 내가 지금의 나를 찾아온다면 과연 무슨 말을 할까. 10년 뒤의 나는 어떤 아쉬움을 갖고 있을 것이며, 그땐 어떤 마음으로 '내가 만약 10년 전으로 돌아갈 수 있다면' 이라는 질문을 던지고 상상하고 있을까. 현재의 내가 과거로 돌아가는 상상을 하는 것처럼 말이다.

"아."

뒤통수를 한대 맞은 듯한 느낌이 들었다. 맞아본 적이 있는데 분명 이 느낌이다. "아" 라는 짧은 감탄사와 함께 온몸에 전기가 흘렀다. 지금 이대로 시간이 흘러간다면, 현재나 10년 뒤나 크게 다를 바가 없어 보였다. 지금 '10년 전으로 돌아가면 이거 해야지' 라고 생각하는 일을 10년 뒤에도 똑같이 '10년 전으로 돌아가면 이거 해야지' 라고 상상하고 있을 게 뻔히 보였다. 왜? 지금 실천하고 있지 않으니까.

그중 하나가 영어 공부다. 수능 이후 마음먹고 제대로 영어 공부를 한 적이 없다. 한다고 해봤자 오로지 점수를 만들기 위한 단기간 토익 시험공부 정도였을까. 영어 공부라기보다는 시험공부였다. 그나마 했던 잠깐의 공부마저 잘못된 방식의 공부였던 셈이다. 영어 공부에 확고한 목적의식이 없었다. 그렇다고 억지로 공부하기에는 마음이 지쳐 있었다.

살면서 외국어 공부의 중요성을 몰랐던 적이 얼마나 있을까. 영어 공부가 필요하다는 건 언제나 알고 있었다. 어릴 적엔, 심지어 나중에 영어는 기본이고 중국어와 또 다른 언어까지도 공부해보면 좋겠다는 창대한 계획을 세웠다.

하지만 매번 그렇게 머리로만 공부의 중요성을 알고 있었고 실제로 진득하게 행동으로 옮기지는 않았다. 덕분에 영어는 일상생활을 할 때도, 공부를 할 때도, 일을 할 때도 어딘가 모르게 항상 마음의 짐으로 남아 있다.

만약 10년 전으로 돌아갈 수 있다면 나는 무엇을 할까. 수많은 리스트 안에는 역시 영어 공부가 들어 있었다. 지금은 안다. 꼭 하루 종일 공부하지 않더라도, 하루에 조금씩이라도 꾸준히 공부하면 10년 뒤 지금은 꽤 발전된 실력을 갖추고 있을 거라는걸. 공부의 누적을 결코 무시할 수 없다는걸. 그걸 알기에 너무 조급해하지 않고, 끈만 놓지 말자는 생각으로 영어 공부에 시간을 할애했을 것이다.

그렇다면 10년 뒤의 나는 어떨까. 10년 뒤쯤이면 지금 갖고 있는 영어 공부에 대한 짐을 가볍게 풀어놓을 수 있을까. 답은 뻔하다.

"아니."

나는 가급적 미래를 재단하지 않는다. 그럼에도 단호하게 "아니" 라고 말할 수 있는 근거가 있다. 지금 역시도 영어 공부를 하지 않고 있기 때문이다. 10년 전의 내가 그랬듯이 말이다.

지금 부랴부랴 시작한다고 해도, 10년 전부터 시작했을 때에 비하면 당연히 많이 늦었다. 늦었다고 생각했을 때는 진짜 늦었다는 말도 있지 않은가. 생각나지 않는 영어 단어, 표현이 수두룩하다. 그나마 수능을 본다고 기껏 달달 외웠던 단어와 문법들조차 전혀 생각나지 않는다. 그저 점수를 위한 잘못된 어학 공부였을지라도, 그거라도 기억에 남아 있다면 다행인데 말이다.

늦은 건 사실이다. 그런데 지금에라도 실천하지 않으면 어떨까. 뻔하다. 10년 후 똑같이 아쉬워하고 있을 것이다. '아, 그때라도 조급해하지 않고 조금씩이나마 공부할걸. 그럼 지금쯤은 실력이 많이 늘었을 텐데' 라며 말이다.

10년 전으로 돌아갈 수 있다면 하고 싶은 일은 무엇인가. 도전하고 싶었고 해보고 싶었지만 하지 못해서, 아니 하지 않아서 후회하는 일은 무엇인가. 어떠한 아이디어가 나오든 내 결론은 이렇다. "그걸 지금 해!"

'좀 더 나이가 어렸더라면.'

'학생 시절로 돌아갈 수 있다면.'

'10년 전이었다면.'

'좀 더 시간이 있었을 때라면.'

이런 가정 속에서 살지 말자. 지나간 시간에 아쉬워하지 말자. 지금 내가 할 수 있는 일을 찾아 지금 그냥 해버리자. '10년 전으로 돌아갔으면' 하지 말고, 지금이 '10년 후에서 돌아온 것처럼' 살자. 어차피 과거로 돌아갈 수는 없으니까, 내가 살고 있는 건 현재니까, 계속해서 후회만 할 수는 없으니까.

사람은 지나간 과거를 후회하며 다가올 미래를 두려워한다. 하지만 지나간 과거는 되돌릴 수 없고 다가올 미래는 알 수 없다. 지금 선택하고 바꿀 수 있는 건 오로지 현재뿐이다. 지금 어떤 삶을 사느냐에 따라 지나간 과거가 성장의 기반이 될 수도, 후회로 가득 찬 굴레가 될 수도 있다. 지금 어떤 삶을 사느냐에 따라 다가올 미래가 흡족한 현실이 될 수도, 과거를 답습한 쳇바퀴가 될 수도 있다.

지금, 나는 무엇을 선택할 것인가.

삶 전체의 여행은 궁극적으로 이 순간에 내딛는 발걸음으로 이루어져 있다. 언제나 이 한 걸음만이 존재하며, 이 한 걸음이 가장 중요하다. 목적지에 도착했을 때 무엇을 만나는가는 이 한 걸음의 성질에 달려 있다. 미래가 당신을 위해 준비하고 있는 것은 당신의 지금의 의식 상태에 달려 있다.

- 에크하르트 톨레, 《삶으로 다시 떠오르기》 중

일단 미루고 보는 조건부 행복의 삶

"일단 좋은 대학부터 가고 나면..."

학창 시절부터 많이 들어온 이야기다. 일단 좋은 대학만 가면 지금 내 고민이 무엇이든 전부 해결될 것이다. 지금 하고 싶은 게 무엇이든 그 이상을 얻게 될 것이다. 지금 신발 안에 자갈이 들어있든 당장 목이 말라 입이 바싹 마르든 향기로운 꽃 한 송이가 눈에 띄든 상관없다. 일단 저 앞에 보이는 언덕을 넘어서는 게 중요하다. 그럼 지금은 상상도 못할 꿈과 희망의 파라다이스가 펼쳐질 테니까. 진정 행복해질 테니까.

"일단 ~하고 나면" 은 삶의 모든 문제를 해결하는 (해결된 것처럼 속이는) 만능키였고, 나는 분별할 틈도 없이 이 사고방식을 학습했다.

그렇게 겨우 입시라는 언덕을 넘어섰다. 그런 내게 세상이 준 선물은 왕십리의 언덕 높은 대학이었다. 사실 언덕이다 못해 산속에 있는 관악구의 한 대학을 꿈꿨으나, 나는 안다. 그 정도 깜냥은 안 되었다는걸. 왕십리 언덕 높은 대학만으로도 내게는 복에 겨운 선물이었다. 내 수능 점수로는 못 갈 대학이었니까. 그럼 그 언덕은 꿈과 희망의 파라다이스였는가. 아니다. 취업이라는 또 다른 언덕을 준비하는 언덕이었다. 그 언덕을 기어올라 결국 당시 우리나라 시가총액 5위 안에 드는 대기업에 입사했다. 당연히 좋았고 감사했다. 하지만 여전했다. 이젠 진급이, 결혼이, 돈이 또다시 올라야 할 언덕이 되었다.

만약 내가 관악구 산속 대학에 들어갔다면, 시가총액 1위 기업에 입사했다면 모든 문제가 해결됐을까. 아니다. 또 다른 언덕을 바라보며 바쁜 숨을 들이셨을 게 뻔하다. 그럼 지금 당장 내게 현금 100억 자산 있으면 "일단 ~하고 나면"의 트랙에서 벗어날까. 일단 100억이 있으면 좋겠다. 흥청망청 안 쓰고 잘 살 자신이 있다. 하지만 여전히 트랙은 달리고 있을 것이다. 건강, 외모, 관계, 명예 혹은 내 인생을 바꿔줄 또 다른 무언가를 바라보며.

우린 이렇게 '조건부 행복'을 살아간다. 특정 조건을 달성한 후로 행복을 미룬다. 조건만 달성하면 커다란 행복이 찾아올 거라 기대한다. 하지만 조건 달성 뒤에 찾아오는 건 행복이 아닌 또 다른 조건이다. 그것마저 일단 조건을 달성했을 때의 이야기다. 사실 대부분 조건은 달성하는 것조차 어렵지 않은가. 그럼 우리에게 현재와 행복은 어디에 있는가. 항상 저 멀리 언덕 위에 있는지조차 불확실한 파라다이스를 향해 달려야만 하는 게 진짜 우리가 살아야 할 인생인가.

내가 탐닉한 과거의 많은 자기계발은 '어떻게 하면 더 빠르게 조건을 달성할 것인가'에 초점을 맞췄다. 하지만 지금 내 자기계발은 다르다. '어떻게 하면 지금 행복할 수 있는 존재가 될 것인가'에 집중한다. 조건부 행복의 굴레에서 벗어나 그냥 행복해지는 것이다.

과거엔 이런 사고방식이 그냥 모든 걸 내려놓는 수동적인 포기라 생각했다. 지금은 안다. 그냥 행복을 누릴 줄 아는 사람이 오히려 '행복의 조건'을 '행복의 결과물'로써 더 쉽게 만들어낼 수 있다는걸, 더불어 그냥 '성공'이 아니라 '행복한 성공'을 누릴 수 있다는걸 말이다. 이미 행복한 사람과 행복을 보류한 사람 중 누구와 함께 일하고 싶은가. 행복 기운이 충만한 사람이 만든 음식과 조건 달성에 정신없는 사람이 만든 음식 중 어느 것을 먹고 싶은가. 이 질문만으로도 답이 나온다.

날씨가 좋으니 나가야겠어

환기를 위해 창문을 열었다. 창밖으로 구름 한 점 없는 파란 하늘이 보였다. 잠옷 바람인 나에겐 바람이 은근히 찼지만 그래도 계속 창문을 열어뒀다. 투명한 유리 하나조차 사이에 두고 싶지 않을 만큼 하늘이 파랬기 때문이다.

'아무리 봐도 이건 안 되겠어.'

이 아침의 날씨를 집 안에서만 느낄 순 없었다. 점심쯤 버리려던 재활용 쓰레기를 들고 집 밖으로 나섰다. 하늘도 파랗고 날도 포근했다. 초봄의 날씨. 재활용 쓰레기만 버리고 돌아가기엔 너무 아까웠다.

'그냥 좀 걸을까?'

나의 비판적인 이성이 답했다.

"너 지금 원고 작업해야지. 아침 시간이 얼마나 귀한지 알아? 글쓰기엔 더욱 그렇지. 아침 30분은 저녁 2시간에 맞먹어. 얼마나 효율이 좋은데. 수면을 취하고 난 뒤라 뇌파가 안정돼 있고, 아직 수많은 자극과 정보에 노출되지 않아 두뇌의 컨디션이 좋으며, 신체에 피로가 쌓이지 않아 활력도 있고, 실험 결과 이 시간 이후 점차 집중력이 떨어진다는 데이터가 있으며…"

하나같이 맞는 이야기다. 지금 내 일 중 가장 중요도가 높은 건 역시 원고 작업이다. 그런 원고 작업을 효율적으로 완수하기 위한 좋은 시간은 아침이다. 그 시간을 하늘이 파랗다는 이유로 놓치는 건 아무래도 목표 달성을 위한 최적의 시간 관리는 아니다.

그런데 왜 목표를 달성하고자 하는가. 원고를 쓰고 책을 내는가. 결국 다 행복하게 살자고 하는 일 아닌가. 지금 난 파란 하늘 아래서 아침의 상쾌한 기운을 느끼며 행복을 누리고 있다. 그럼 행복하자고 하는 일의 달성을 위해 행복을 미뤄야 한다는 말인가.

한때 세계적으로 널리 알려졌던 실험이 있다. 1960년대에 이뤄진 스탠포드 대학의 '마시멜로 실험'이다. 어린아이들을 한 명씩 방으로 데려와, 마시멜로 하나가 담긴 접시를 보여

주며 말했다. 선생님이 나갔다가 돌아올 때까지 안 먹고 기다리고 있으면 두 개를 준다고. 그렇게 15분 뒤 방으로 돌아왔을 때 어떤 아이는 냉큼 마시멜로를 집어먹은 상태였고, 어떤 아이는 참고 기다렸다가 보상으로 두 개의 마시멜로를 먹었다.

15년 후 스탠포드 연구진은 실험에 참가했던 아이들을 다시 조사했다. 그 결과, 마시멜로를 참았던 아이들은 학업 성적이 우수했고 대인 관계도 좋았다. 반면 선생님이 나가자마자 바로 마시멜로를 먹은 아이들은 그러지 못했고 오히려 사회적 문제를 일으키기도 했다.

이후 육아와 교육에서 '자제력'을 이야기할 때면 이놈의 마시멜로가 수시로 등장했다. 내가 살던 동네에선 마시멜로를 볼 수도 없었는데 말이다. (아마 성인이 되어서야 마시멜로를 처음 먹어봤던 것 같다. 얼마나 맛있는 녀석이길래 아이들을 데리고 이런 인내심 테스트를 했나 궁금해서.)

유명했던 마시멜로 실험이지만, 지금은 그 위상이 예전과 같지 않다. 뉴욕대와 UC어바인대 공동 연구팀의 실험 결과, 마시멜로를 참는 것과 성인이 되었을 때의 성공과는 상관관계가 없다는 결론이 나왔다. 이와 별개로 그전부터 스탠포드 연구진의 실험에 대한 지적이 있었다. 다양한 변인을 통제하지 못했고, 실험에 참가한 아이들과 나중에 추적된 표본의 숫자도 충분하지 않았기 때문이다. 이후의 연구에선 오히려 성공에 있어 마시멜로 참기보다, 부모와 가정 환경이 더 큰 영향력이 끼칠 수 있다고 보았다.

어느 한 가지 요인으로 인간의 성공을 예측하고 평가한다? 쉽지 않은 일이다. 결과에 영향을 주는 변인과 통제할 수 없는 조건들이 너무 많다.

다만 지금의 나는 선택한다. 마시멜로든 초콜릿이든 마카롱이든 미래의 성공이든, 일단 파란 하늘부터 누리기로, 그렇게 내가 누릴 수 있는 소소한 행복을 마음껏 누리기로 말이다. 만족스럽고 행복한 상태에서 다시 또 원고를 쓰면 될 일 아닌가. 그럼 아침은 비효율적일지 몰라도 하루는 효과적일 것이다.

수단이 되는 일 vs. 목적이 되는 일

커피를 마시게 된 건 고3 수험생 시절이다. 반복된 공부에 지쳐 쉬는 시간. 사물함에 고이 모셔둔 머그컵을 꺼내 원두 가루와 김이 나는 뜨거운 물을 붓고, 잘 섞이게 은색 빛의 티스푼으로 돌돌 저어, 잠시나마 네모난 교실에서 벗어나 산바람과 함께 즐기는 사색의 시간. 은 개뿔이다. 그런 '커피 한 잔의 여유'는 CF에서나 있었지 정신 사나운 남고 교실 풍경에서는 찾아볼 수 없었다.

대신 내가 선택한 커피 음용법의 핵심은 유리병이었다. 그 것도 주스 유리병. 적당한 크기의 유리병을 구해 흔한 믹스 커피 가루를 그 안에 넣는다. 복도 정중앙에 위치한 정수기 로 달려가 뜨거운 물을 받는다. 티스푼 따윈 없다. 유리병 그대로 소주병 돌리듯 살살 돌려, 회오리바람을 일으키며 가루를 조금씩 녹인다. 이후 아예 뚜껑까지 덮어 칵테일처럼 흔들어 대면 완벽히 액상화된 커피가 완성된다.

당시 저녁 식사를 마치고 보충 수업이 있었다. 그때마다 이 유리병을 그대로 들고 교실로 들어갔다. 일종의 루틴이었다. 유리병을 이용한 커피 음용법은 교실 이동에도 편했고, 컵에 담긴 액체가 넘칠까 고민할 필요도 없었으며, 유리병 자체가 계량기 역할을 해 물 조절 실패도 방지했다. 이후 설거지도 편했고 적당히 쓰다가 다른 유리병으로 바꾸면 되기에 학교에서 살았던 나에겐 최적의 방법이었다.

얼마나 커피가 필요했으면 이렇게까지 해서 마셨을까. 대학에 들어간 뒤엔 굳이 유리병을 들고 다니며 커피를 마실 필요는 없었다. 일단 커피를 마시는 일 자체가 줄었다. 마시더라도 근처 슈퍼나 자판기에서 캔커피를 사 먹었다. 한 번씩 카페를 이용하기도 했지만, 그때만 해도 남자들끼리 카페를 간다는 게 아직 어색한 분위기였다.

다시 수험생 시절처럼 1일 1커피를 마시게 된 건 직장인이 되어서다. 출근길이나 점심시간 이후 회사 근처에서 커피 한 잔을 사들고 사무실로 들어갔으며, 종종 탕비실에 비치된 믹스커피를 꼭 2봉씩 타서 마셨다. 사람을 만나면 커피를 마시는 게 기본이었다. 일상에서도 마치 보리차 마시듯 했다.

꽤 오래되고도 반복된 나의 커피 라이프를 지금은 이렇게
표현한다.

"커피를 마신 게 아니라 카페인을 복용했다."

그랬다. 누가 보면 커피 애호가인 것처럼 마셨던 나에게
필요한 건 커피 자체가 아니었다. 커피의 향이 어떻고 맛은
어떤지. 산미가 나는지, 입안에서 느껴지는 바디감이 적절한
지. 산지에 따른 원두의 차이는 무엇이며, 스트레이트인지
싱글 오리진인지 블렌딩인지. 당연히 이런 건 관심에도 없
었고 지금도 구분이 안 되는 건 매한가지다.

오로지 "각성! 각성! 각성!"을 외쳤으며 여기에 필수 옵션
으로 "달달한 거"를 요구했다. 음미할 시간은 없었으며 그
저 입안으로 때려 넣느라 바빴다. 내게 진정으로 필요한 건
커피 한 잔의 여유가 아니라, 최대한 빨리 카페인을 섭취해
잠을 쫓고 더 많은 공부와 일을 해내어 이 모진 사회 속에서
살아남는 것이었으니까.

커피는 결코 그 자체로써 목적이 될 수 없었으며, 단지 생
존을 위한 수단이었다. 이는 내가 약국에서 박스째로 자양

강장제를 사 왔을 때, 에너지 드링크를 종류별로 구매했을 때, 커피보다 더 카페인 함량이 많은 커피우유를 찾아 마실 때 커피 섭취량이 급격하게 줄어든 것을 보면 알 수 있다. 카페인 함량이 더 높은 다른 음료가 있으니 굳이 커피가 필요 없던 것이다. 그렇게 매일 같이 마시던 커피였는 데도 말이다. 커피는 그저 카페인과 당분을 감싸고 있는 보기 좋은 액체에 불과했던 것이다.

한 번쯤 생각한다. 현재 일상에서 순수하게 즐기는 일이 과연 얼마나 있을까. 특별한 목적 없이, 그냥 그 일을 즐기는 것 자체가 목적인 그런 일 말이다.

많은 행위가 생존을 위한 수단이 되었다. 그 본연의 맛과 재미를 느껴 보기도 전에, 경쟁 사회를 살아가기 위한 무기로서 얼마나 가치 있는가를 평가받는다. 살기 위한 집보다 팔기 위한 집이, 앎의 즐거움을 위한 공부보다 스펙을 위한 공부, 몸의 온전한 생동력을 느낌이 아닌 보여주기 위한 운동이 각광받는다. 내가 남몰래 꾸준히 삶의 기록을 남겨 온 블로그를 처음 밝혔을 때, 한 지인이 내게 건넨 첫마디는 이랬다.

"그런 거 해서 뭐 하냐? 돈도 안 되는 거."

그 행위를 함에 있어 얼마나 즐거웠고 행복했는가를 묻지 않고, 오로지 '생존'을 목적으로 이를 이뤄줄 '수단'들을 '효율성'을 기준 삼아 선택하고 평가한다.

커피를 '수단이 되는 일'로 마셨던 나와 '목적이 되는 일'로 마셨던 커피 마니아(카페인 중독자 말고)가 커피 한 잔에서 느끼는 맛은 다르다. 커피 한 잔의 여유가 주는 기분과 그로 인해 얻을 수 있는 삶의 만족도는 다르다. 비록 커피 한 잔이 어떠한 사회적 성취를 가져다주지 못할지라도, 결과에 상관없이 그저 순수하게 즐길 수 있다는 것 자체만으로도 충분히 값진 일이 아닐까. 설령 타인이 시간 낭비라고 할지라도, 돈도 안 되는 일이라도 말이다.

삶이 너무나도 바빠서일까. 순수하게 즐길 수 있는 일, 그 일 자체가 목적이 되는 일이 점점 사라지고 있다. 무엇을 위한 삶인지 돌아볼 여력도 없이, 그저 각성을 위해 카페인을 복용해야 하는 시대를 살아간다.

모든 걸 한 번에 바꿀 수는 없다. 하지만 일상에 최소한 한두 가지 정도는 그저 생각 없이 즐길 수 있는 거리를 만들어보자. 잠시 머리를 비우고 숨을 돌릴 여유를 갖자. 다들 애를 쓰며 열심히 살고 있다. 그 정도쯤은 자신에게 해줘도 된다.

마음이 답답하다면 공간을 바꿔보자

"당신에게 기운을 주는 일상 속 활동은 무엇인가?"

이 질문에 대한 답을 생각나는 대로 적어본 적이 있다. 샤
워하고 나서 너무 밝지 않게 스탠드 조명을 켜두고 마음에
드는 책 읽기, 물이 흐르는 자연의 소리를 틀어 놓고 가만히
누워 있기, 동네 목욕탕에서 들러 따뜻한 물에 몸을 담그
기... 이런 활동들은 큰돈을 들이지 않고도 나의 마음을 편
안하게 해주고 기운을 준다.

그러한 활동 중 또 다른 하나로 높은 곳에 오르기가 있다.
등산 마니아가 아님에도 틈틈이 산에 오르는 이유가 여기에
있다. 무조건 높지 않아도 된다. 에베레스트산까진 필요 없
다. 오히려 너무 높으면 부담스럽다. 일단 오르기도 힘들고
귀찮다. 대신 중요한 건 탁 트인 시야다. 그럼 동네 작은 언

덕도 상관없다. 높은 곳에 오르는 건 힘들지만, 그곳에 서서 시원하게 뚫린 풍경을 바라보는 게 좋다. 사실 높은 것은 그리 중요하지 않다. 더 중요한 건 탁 트인 시야다. 그런 곳에선 마음이 편해지고 생각에 여유가 생긴다.

공간은 우리 몸과 마음에 많은 영향을 준다.

미국의 환경심리학자인 로저 울리히는 10년간, 담낭 제거 수술을 받은 환자들의 기록을 관찰했다. 그중 창가에 침대를 둔 46명을 선정해 조사해보니 재미난 결과가 나왔다. 창을 통해 작은 숲이 보이는 곳에 머물렀던 환자 23명이, 벽돌담이 보이는 곳에 머물렀던 23명에 비해 24시간 먼저 퇴원한 것이다. 게다가 입원 기간 동안 사용한 진통제의 양도 적었다.

조앤 마이어스레비 교수의 다른 연구 결과에서도 공간이 우리에게 미치는 영향이 보인다. 그는 천장의 높이가 창의성에 영향을 준다는 사실을 밝혀냈다. 천장이 높은 곳에 있는 실험자들이 다른 실험자들에 비해 창의력을 요구하는 문제를 두 배 이상 잘 풀어낸 것이다. 일반적으로 천장이 높은 곳은 추상적이고 창의적인 일에, 반대로 천장이 낮은 곳은 구체적이고 집중력을 요하는 일에 도움이 된다.

내가 시야가 넓게 트인 곳을 좋아하는 것도 이와 같다. 특히 산 정상에 서서 풍경을 바라보면, 그 시야만큼이나 내 사고가 확장되고 마음이 열린다. 나와 내 삶을 더 넓은 관점에서 보며 사소한 문제에 집착하는 마음을 내려놓게 된다. 시원하게 부는 바람을 맞으며 묵은 감정을 털어낸다. 결국엔 다시 또 일상으로 돌아오지만, 적어도 정상에 선 순간만큼은 내가 커진다. 그 맛에 매번 숨이 차 '아이고, 내가 왜 이러고 있지. 이제 산은 안 와야겠어' 하면서 또 그걸 잊고 오른다. 누가 정상까지 헬기를 태워주지 않는 한 어쩔 수가 없다.

내 마음대로 되지 않는 삶과 내가 어찌할 수 없는 사건을 마주할 때면 마치 거대한 틀 안에 갇힌 것처럼 답답함이 올라온다. 어쩌겠는가. 자유를 원하는 인간에게 통제란, 의지를 요구하는 일이다. 그럴 땐 공간을 바꿔보자. 마음가짐 만으로 한계를 느낄 땐 환경을 바꿔보자. 지금 자신이 머무르는 곳의 인테리어를 바꿀 수 없다면, 잠시 다른 공간으로 이동해도 좋다. 산도 좋고 바다도 좋고, 공원이나 널찍한 카페라도 좋다. 가급적 넓은 곳으로, 시야가 트인 곳으로 나가보자. 공간의 크기만큼 마음의 크기가 넓어질 것이다.

누구나 누군가에겐 제일 부러운 사람

'언제쯤 내 삶이 명확해지고 안정될까. 그런 날이 과연 오긴 할까.'

회사를 그만뒀다. 사업에 도전했다. 다시 불확실한 방황의 길로 돌아왔다. 아니, 애초에 내가 확실한 길을 걸었던 적은 있었는지 모르겠다.

운이 좋게도 대기업에서 일했다. 공무원만큼은 아닐지라도 다른 직장에 비하자면 안정적인 곳이었다. 최소한 당장 내일 회사가 망할 일도, 이번 달 월급이 밀릴 일도 없었다. 공지된 기준에 따른 연봉 및 진급 체계가 정해져 있었고, 이미 나의 길을 먼저 걸어온 상사들의 주위에 있었다. 아무리 불확실한 미래라지만 어느 정도 미래의 내 모습을 그려볼 수는 있었다.

그럼에도 여전히 방황했다. 내가 가는 이 길이 맞는지 스스로에게 계속 질문을 던졌다. 정도의 차이일 뿐, 어쩌면 인간은 평생 방황하는 존재일지도 모른다.

앞으로 어떤 삶이 펼쳐질까. 어느 것도 보장된 게 없었다. 어느 누구도 예상할 수 없었다. 심지어 나조차도 말이다. 이왕 불투명한 퇴사의 길로 접어든 김에 그 과정을 SNS 한 곳에 기록으로 남기기로 했다. 미지의 세계를 개척하는 탐험가들의 탐사 일지처럼 말이다. 대신 퇴사 일지라고 불러야 할까. 당연히 위대한 탐험가들의 탐사 일지와 같은 역사적 가치는 전혀 없을 것이다. 하지만 최소한 개인적인 의미는 있다. 내 역사니까. 내 삶의 생생한 기록이니까.

기록물의 이름을 정하자. '퇴사해서 뭐할려고.' 퇴사를 준비하며 가장 많이 들었던 질문이자 나 스스로도 답을 찾고 싶었던 질문이다. 몰래 사무실에서 사직서를 작성했던 이야기부터 도돌이표 퇴사 면담, 퇴직금 수령을 위해 계좌를 개설했던 과정, 막상 당사자가 제일 일찍 집에 갔던 송별회, 퇴사 후 평일 낮의 달콤함과 이후의 일들까지…

"이게 내용이 끝인가요?" 어쩌다 내 글을 본 누군가 묻기도 했다. 별 내용이 없었으니까. 뭐 어쩌겠나. 양식도 내용도 모두 내 마음대로다. 그냥 편하게, 있었던 일과 감상을 끄적였다. 어차피 내 이야기가 세상의 정답도 아니고, 이걸로 세계 평화를 지킬 것도 아니고.

불과 며칠 전만 해도 고층 빌딩이 즐비한 테헤란로에서 정장을 차려입고 커피 한 잔을 든 채 회전문 유리를 오가던 사람이었다. 하지만 당장 일할 사무실 공간도 없는 무소유의 예비창업가가 되었다. 테헤란로 같은 번화가는커녕 어디 조그마한 동네 사무실조차 구하기 부담스러웠다. 각종 경영학 서적이나 잡지에서 봤다. 허름한 차고에서 시작된 거대 실리콘밸리 기업들의 역사적 이야기를 말이다. 처음 그 이야기를 들었을 땐 가슴이 끓어올랐다. "대단하다! 차고에서 이렇게 시작했다니!" 이제는 다른 생각이 들었다. "우와! 얘네는 차고도 있었어!" 차고가 있다는 건 집도 있고 차도 있다는 이야기 아닌가. 내 기준에선 놀라운 일이다.

다행히 정부나 각종 기관, 재단에서 제공해 주는 무료 사무 공간을 몇 군데 찾았다. 모두에게 공개된 공간이라 프라이버시 보호가 어렵고 이용 시간에 제약도 있었다. 그래도 무료로 사용할 수 있는 공간이 있다는 게 어딘가. 공간이 없어 자판기 옆 벤치에서도 일했던 난, 그저 감사한 마음으로 무료 사무 공간에 출근해 웹 서비스 개발에 몰두했다.

어떻게 하면 좋은 제품을 만들 수 있을까. 사람들이 진짜 필요로 하는 건 무엇일까. 열띠게 회의하던 어느 날, 책상 위에 올려둔 스마트폰에 알람이 울렸다. 메시지가 왔겠거니 하고 넘긴 채 다시 일에 집중했다. 다시 알람이 울렸다. 그냥 울리는 정도가 아니었다. 스마트폰 배터리에서 열기가 올라올 정도로 계속 새로운 알람이 울렸다. 누가 스팸 메시지라도 반복해서 보내는 걸까. 오류가 난 걸까. 설마 벌써부터 고객들이 우릴 찾는 걸까. 그렇다기엔 우린 아직 아무런 제품도 세상에 내놓은 게 없었다. 이상했다. 스마트폰 화면을 켰다.

'이게 뭐지?'

누가누가 구독을 하고, 조회수가 얼마를 넘었고, 댓글이 몇 개 달렸고... 그 모든 메시지의 근원은 "퇴사해서 뭐할려고"였다. 갑자기 많은 사람들이 내가 끄적인 퇴사일지를 보고 있는 것이다. 왜 굳이? 알고 보니 내 글이 포털 사이트 메인에 소개된 듯했다. 아니면 왜 이 개인적인 글에 120개의 댓글이 달리고 무려 20만 회가 넘는 조회수가 생기겠는가. 안 그래도 볼 게 넘쳐나는 세상 속에서.

신기한 마음으로 사람들이 남긴 댓글을 하나씩 읽었다. 그리고 알았다. 미래에 대한 고민을 나만 갖고 있는 게 아니라는걸. 어느 업종 어느 회사에서 어떤 일을 하든 다들 고민은 비슷비슷하다는걸.

많은 사람들이 고민을 남겼다. 차마 가족들에게, 친구들에게, 직장 동료들에게 털어놓지 못한 깊은 속내를 온라인 공간을 이용해 드러낸 것이다. 그나마 여기에라도 털어놓고 싶었을 것이다. 너무 답답하니까. 혼란스러우니까. 그 외 응원의 댓글도, 현실적인 조언도, 퇴사 선배의 경험담도 있었다. 인생에서 우러나온 좋은 말이 많았다. 그럼에도 가장 기억에 남는 댓글은 따로 있다.

"우주에서 제일 부러워요."

지금의 현실에서 느끼는 답답함이 얼마나 크기에 이런 신박한 표현을, 그것도 모르는 사람에게 남겨 주신 걸까. 힘들게 입사해 열심히 일하지만, 막상 일을 시작하고선 퇴사를 꿈꾸게 되는 직장인들의 마음. 단 한 문장이지만 그 마음이 절실히 와닿는 글이었다.

내게 퇴사는 불확실한 방황의 길로 회귀하는 선택이었다.

그럼에도 누군가의 부러움을 사는 선택이었다. 그런데 생각해보면 퇴사만이 부러움을 사는 삶의 모습이 아니었다. 내가 대학에 들어갔을 때 분명 누군가는 나의 입학을 부러워했을 것이다. 입사했을 때 역시 누군가는 나의 취업을 부러워했을 것이다. 누군가는 내가 사지 멀쩡한 신체를 가진 것을, 누군가는 내가 가족이 있는 것을 부러워할 것이다. 내가 누리는 모든 사소한 것들 하나하나가 누군가에게는 부러움의 대상이다. 단지 자각하지 못했을 뿐이다.

여전히 불확실한 길을 걷고 있다. 그나마 한 치 앞은 보이는 길에서 벗어나, 당장 코앞도 불투명한 삶을 선택했다. 정말로 미지의 탐험이다. 알 수 없는 미래는 사람을 불안하게 만든다.

하지만 불안을 참는다고 불안이 사라지는 건 아니다. 내가 할 수 있는 건 일단 내디딜 수 있는 한 걸음에 집중하는 것이다. 그렇게 한 걸음 한 걸음 나아가다 보면 어느새 나만의 길이 완성돼있지 않을까. 신뢰를 갖고 나아가자. 어떤 삶을 살고 있든, 누군가에게는 이 광대한 우주에서 제일 부러운 인생이다.

에필로그

베트남전이 발생했던 때다. 미국의 장교, 제임스 스톡데일은 포로로 잡혀 수용소에 갇혔다. 무려 8년간 당장 내일이 어떻게 될지 모르는 수용소 생활을 하며 그는 관찰했다. 여기서 끝내 살아남는 사람과 아닌 사람의 차이를 말이다.

한 가지 의미 있는 사실을 발견했다. 어두운 상황 속에서도, 다가올 크리스마스엔 전쟁 포로에서 석방될 거라고 믿는 긍정적인 사람들이 있었다. 예상과 달리 이들은 대부분 죽음을 면치 못했다. 크리스마스가 지나 부활절이 되어도, 봄이 되어도, 다시 크리스마스가 되어도 여전히 풀려나지 않는 현실에 반복된 좌절감을 느끼며 스스로 삶의 의욕을 잃어버렸기 때문이다.

반면 언젠가 풀려날 수 있다는 믿음은 잃지 않되, 지금 자신은 포로 신분이며 석방되기가 쉽지는 않다는 현실을 직시한 사람들, 이를 냉정하게 받아들인 스톡데일과 같은 사람들은 끝내 살아남았다. 합리적이고 현실적인 낙관주의. 이를 '스톡데일 패러독스'라고 부른다.

한 번쯤 생각한다. 만약 전 국민이 치킨을 먹지 않고, 나라가 뒤집어지는 그런 말도 안 되는 상황이 없었다면 어땠을까. 우리 통닭집이 대박 나진 않더라도, 그냥 부모님의 처음 예상대로만 평범히 흘러왔다면 생활이 많이 달라지지 않았을까.

부질없는 생각이다. 이런 가정은 삶을 과거에 머물게 한다. 그냥 현실을 직시할 필요가 있다. 삶에 분명 예상하지 못한 일들이 있다. 모든 일이 내 계획대로만 될 수는 없으며, 때로는 원치 않는 일들이 벌어지기도 한다.

철저한 분석으로 미래를 예측하고 강력한 힘으로 변수를 제거해 낙관적인 계획대로 삶이 흘러가면 인생이 마냥 행복해질거라 기대하지만, 현실은 그렇지 않다. 그럼에도 보란듯이 통제를 벗어난 일들이 생기고, 지금의 내가 세상 모든 일을 좌지우지할 수 없음을 알게 되는 순간이 있다.

따라서 목표와 계획을 세우고 힘을 길러 원하는 현실을 만드는 노력과, 세상 모든 일이 그저 계획대로 흘러가길 기대하는 낙관적인 마음 외에도, 생각하지 못한 일에 적절히 대응할 수 있는 방안을 모색해야 한다. 통제 되지 않는 삶의 영역이 있음에도 행복할 수 있는 법을 배워야 한다. 통제할 수 있는 것과 아닌 것이 공존하는 게 현실이니 말이다.

그럼 우리가 할 수 있는 건 무엇일까. '수용'이다. 의도하지 않았고 생각도 못 한 일에 자책을 해서 무슨 소용이 있을까. 이미 일어난 일을 부정한들 달라지는 게 무엇이 있을까. 일어난 일은 일어난 대로 받아들이는 수밖에 없다. 이건 포기가 아니라 적극적인 긍정이다. 진짜 긍정이란 좋아 보이는 것만 인정하는 게 아니라, 모든 존재를 그 존재의 방식대로 존중하고 인정하는 것이다. 긍정적인 것만 긍정하는 게 아니라 삶 자체를 긍정하는 것이다.

　더불어 현재를 직시하고, 자신이 할 수 있는 일은 무엇일지를 찾자. 이미 지나간 과거는 어찌할 수 없을지언정, 앞으로 펼쳐질 삶을 대하는 태도는 내가 선택할 수 있다. 지금 자리에서 조금씩 새로운 삶을 만들어갈 수는 있다. 삶이 불확실하다는 건 그만큼 다양한 가능성이 존재한다는 뜻이다.

　생각대로 되지 않는 삶은 분명 우리를 힘들게 한다. 하지만 고통스럽게까지 만드는 건 우리의 기대와 집착이다. 무거운 기대와 집착에서 자유롭길 바란다. 조금 더 삶을 가볍게 탐험하길 바란다. 평온한 마음과 함께.

이태화